OSCAR WILDE

Mit Bildern von Frank Eißner

Das Gespenst von Canterville und die Märchen

Aus dem Englischen von Irma Wehrli

Büchergilde Gutenberg

Inhalt

Das Gespenst von Canterville

Eine geistig-materielle Romanze

I

Als Mr. Hiram B. Otis, der amerikanische Gesandte, Canterville Chase kaufte, warnte man ihn allgemein davor, diese Dummheit zu begehen, denn es stand fest, daß es dort spukte. Lord Canterville persönlich, ein Mann von untadeliger Ehre, hatte es für seine Pflicht gehalten, Mr. Otis auf die Tatsache hinzuweisen, als sie miteinander verhandelten.

»Wir mögen nicht mehr an diesem Ort leben«, sagte der Lord, »seit meine Großtante, die Herzoginwitwe von Bolton, einen nie ganz überwundenen Schock erlitt, als sich ihr beim Umkleiden zum Dinner zwei Knochenhände auf die Schultern legten, und ich fühle mich verpflichtet, Ihnen mitzuteilen, Mr. Otis, daß das Gespenst von mehreren noch lebenden Familienangehörigen sowie vom Pfarrer der hiesigen Gemeinde, Augustus Dampier, Mitglied des King's College in Cambridge, gesehen wurde. Nach dem schrecklichen Erlebnis der Herzogin mochte von den jüngeren Dienstboten niemand mehr bei uns bleiben, und Lady Canterville hatte wegen der rätselhaften Geräusche, die aus dem Gang und aus der Bibliothek kamen, viele schlaflose Nächte.«

»Mylord«, antwortete der Gesandte, »ich nehme das Mobiliar und das Gespenst zum Schätzwert. Ich komme aus einem modernen Land, wo wir alles haben, was man mit Geld kaufen kann, und bei all unsern gewieften Jungen, die diese Alte Welt auf den Kopf stellen und eure besten Schauspieler und Primadonnen entführen, wette ich, daß wir das Gespenst im Handumdrehen in einem unserer öffentlichen Museen hätten oder als Attraktion auf der Straße, wenn es in Europa so etwas gäbe.«

»Ich fürchte, es gibt den Geist tatsächlich«, lächelte Lord Canterville, »und er hat den verlockenden Angeboten Ihrer draufgängerischen Impresarios vielleicht doch widerstanden. Er ist seit drei Jahrhunderten verbürgt, seit 1584, um genau zu sein, und erscheint jedesmal vor dem Tod eines Familienmitglieds.«

»Na, das tut der Hausarzt doch auch, Lord Canterville. Im übrigen gibt es keine Gespenster, Sir, und ich nehme nicht an, daß die Naturgesetze für den britischen Adel eine Ausnahme machen.«

»In Amerika ist man jedenfalls sehr natürlich«, antwortete Lord Canterville, der

Mr. Otis' letzte Bemerkung nicht ganz erfaßt hatte, »und wenn Sie nichts gegen einen Geist im Haus haben, um so besser. Aber denken Sie daran, daß ich Sie gewarnt habe.«

Einige Wochen später war der Handel abgeschlossen, und als die Saison zu Ende ging, zog der Gesandte mit seiner Familie nach Canterville Chase. Mrs. Otis, einst als Miss Lucretia R. Tappan von der 53. Street West eine gefeierte New Yorker Schönheit, war inzwischen eine sehr hübsche Frau in mittleren Jahren mit schönen Augen und einem tadellosen Profil. Viele Amerikanerinnen pflegen den Schein einer kränklichen Disposition, wenn sie ihr Land verlassen, und halten dies für europäische Eleganz, aber Mrs. Otis war diesem Irrtum nie erlegen. Sie hatte eine sehr gute Konstitution und eine erstaunliche Vitalität. In vielerlei Hinsicht war sie tatsächlich ganz englisch und ein schlagendes Beispiel dafür, daß wir uns heutzutage wirklich nicht mehr von Amerika unterscheiden, bis auf die Sprache natürlich. Ihr Sohn, den die Eltern in einem Anfall von Patriotismus zu seinem ewigen Leidwesen Washington getauft hatten, war ein blonder, recht gut aussehender junger Mann, der sich für den diplomatischen Dienst seines Landes empfohlen hatte, indem er drei Saisons nacheinander im Kasino von Newport den Kotillon angeführt hatte und selbst in London als hervorragender Tänzer galt. Gardenien und der Hochadel waren seine einzigen Schwächen, sonst war er sehr vernünftig. Miss Virginia E. Otis war ein fünfzehnjähriges Mädchen, anmutig wie ein junges Reh, und Freiheitsdrang funkelte in ihren großen blauen Augen. Sie war eine prächtige Amazone, hatte den alten Lord Bilton auf ihrem Pony zweimal um den Park gejagt und mit anderthalb Längen Vorsprung gewonnen, exakt vor der Achillesstatue und zur Begeisterung des jungen Herzogs von Cheshire, der ihr auf der Stelle einen Heiratsantrag machte und von seinen Vormündern am selben Abend in Tränen aufgelöst nach Eton zurückgeschickt wurde. Nach Virginia kamen die Zwillinge, das Sternenbanner, so genannt, weil sie nach einem Donnerwetter häufig die Sternlein sahen. Sie waren reizende Bengel und mit Ausnahme des ehrenwerten Gesandten die einzigen echten Republikaner der Familie.

Da Canterville Chase sieben Meilen von Ascot, dem nächsten Bahnhof, entfernt liegt, hatte Mr. Otis telegraphisch einen Wagen bestellt, und sie fuhren gutgelaunt los. Es war ein wundervoller Juliabend, und ein köstlicher Fichtenduft lag in der Luft. Ab und zu hörten sie eine Ringeltaube den Wohlklang ihrer eigenen Stimme auskosten oder sahen tief im raschelnden Farn eine goldglänzende Fasanenbrust. Eichhörnchen spähten ihrem Gefährt von den Buchen nach, und die Kaninchen hopsten durchs Unterholz und über die Moospolster mit hocherhobenen weißen Stummelschwänzen. Aber als sie in die Allee von Canterville Chase einbogen, überzog sich der Himmel plötzlich mit Wolken, und eine seltsame Stille schien sich herabzusenken; ein großer Krähenschwarm glitt stumm über ihre Köpfe, und bevor sie das Gut erreicht hatten, waren die ersten schweren Regentropfen gefallen.

Auf der Treppe stand eine alte Frau, korrekt in schwarze Seide mit weißer Haube und Schürze gekleidet, zu ihrem Empfang bereit. Es war Mrs. Umney, die Haushälterin, die von Mrs. Otis auf Lady Cantervilles dringende Bitte in dieser Funktion übernommen worden war. Sie knickste tief, als sie ausstiegen, und grüßte auf wunderliche, altmodische Art: »Ich heiße Sie auf Canterville Chase willkommen.« Sie folgten ihr durch die großartige Eingangshalle im Tudorstil in die Bibliothek, einen langen, niedrigen Raum mit schwarzem Eichentäfer, den ein großes Buntglasfenster abschloß. Hier wartete der Tee auf sie, und als sie abgelegt hatten, setzten sie sich und blickten sich um, während Mrs. Umney servierte.

Plötzlich entdeckte Mrs. Otis einen mattroten Fleck am Boden, gleich neben dem Kamin, und sagte, ohne etwas von seiner wahren Bedeutung zu ahnen, zu Mrs. Umney: »Ich fürchte, da ist etwas verschüttet worden.«

»Ja, Madam«, antwortete die alte Haushälterin leise, »Blut ist an dieser Stelle vergossen worden.«

»Wie gräßlich«, rief Mrs. Otis, »ich mag keine Blutflecken in einem Salon. Er muß sofort weg.«

Die Alte lächelte und erwiderte mit derselben raunenden Stimme: »Es ist das Blut der Lady Eleanore de Canterville, die an ebendieser Stelle von ihrem eigenen Gatten, Sir Simon de Canterville, im Jahr 1575 ermordet wurde. Sir Simon überlebte sie um neun Jahre und verschwand plötzlich unter höchst rätselhaften Umständen. Sein Leib wurde nie entdeckt, aber sein schuldbeladener Geist geht noch um im Haus. Der Blutfleck ist von Touristen und weiteren Personen sehr bestaunt worden und läßt sich nicht entfernen.«

»Alles Unsinn!« rief Washington Otis. »Pinkertons ›Fleckex, der Sauberkünstler‹, putzt ihn gleich weg«, und bevor die entsetzte Haushälterin einschreiten konnte, lag er auf den Knien und scheuerte den Boden mit einem schwarzen Stift, der aussah wie ein Pflegeprodukt. Im Nu war keine Spur von dem Blutfleck mehr zu sehen.

»Ich wußte, Pinkerton schafft das«, rief er mit triumphierenden Blicken in die Runde seiner Familie, die voll Bewunderung war; doch kaum hatte er es gesagt, erhellte ein schrecklicher Blitz den düsteren Raum, ein furchtbares Donnergrollen brachte sie alle auf die Füße, und Mrs. Umney wurde ohnmächtig.

»Ein monströses Klima!« bemerkte der amerikanische Gesandte ruhig und zündete sich einen langen Stumpen an. »Das alte Land hier ist wohl so übervölkert, daß nicht genug anständiges Wetter für alle bleibt. Ich fand immer schon, Auswanderung sei für England das einzig Richtige.«

»Mein lieber Hiram«, entsetzte sich Mrs. Otis, »was fangen wir mit einer Frau an, die ohnmächtig wird?«

»Ziehen es ihr ab, wie zerbrochenes Geschirr«, meinte der Gesandte, »dann passiert es nicht wieder«, und kurz darauf hatte Mrs. Umney sich tatsächlich gefaßt. Jedoch war sie zweifellos sehr erschüttert und warnte Mr. Otis, sich vor kommendem Unheil in acht zu nehmen.

»Ich habe mit eigenen Augen Dinge gesehen, Sir«, sagte sie, »die wären haarsträubend für jeden Christenmenschen, und gar manche Nacht habe ich wegen der schrecklichen Dinge, die hier geschehen sind, kein Auge zugetan.« Mr. Otis und seine Frau versicherten der guten Seele aber hoch und heilig, daß sie keine Angst vor Gespenstern hätten, und so wankte die alte Haushälterin, nachdem sie den Segen der Vorsehung auf ihre neue Herrschaft beschworen und ein höheres Salär ausgehandelt hatte, auf ihr eigenes Zimmer zurück.

II

Der Sturm tobte die ganze Nacht, doch es ereignete sich nichts Besonderes. Am anderen Morgen aber, als sie zum Frühstück herunterkamen, fanden sie den gräßlichen Blutfleck wieder auf dem Boden. »Ich glaube nicht, daß Pinkertons ›Fleckex‹ etwas dafür kann«, meinte Washington, »ich habe es überall verwendet. Es muß der Geist sein.« Er wischte darauf den Fleck ein zweites Mal weg, doch am nächsten Morgen war er wieder da, und auch am dritten Morgen, obwohl Mr. Otis persönlich die Bibliothek abgeschlossen und den Schlüssel nach oben mitgenommen hatte. Die ganze Familie zeigte sich nun recht interessiert. Mr. Otis befürchtete, die Existenz von Gespenstern zu kategorisch verneint zu haben; Mrs. Otis verkündete ihre Absicht, der Parapsychologischen Gesellschaft beizutreten, und Washington brütete über einem langen Brief an die Herren Myers und Podmore, die Hartnäckigkeit von Blutflecken in kriminellen Zusammenhängen betreffend. Die folgende Nacht räumte dann mit allen Zweifeln über die objektive Existenz von Phantomen auf.

Der Tag war warm und sonnig gewesen, und am kühlen Abend fuhr die ganze Familie aus. Sie kehrte erst um neun Uhr zurück und nahm ein leichtes Abendessen ein. Das Gespräch drehte sich in keiner Weise um Gespenster, so daß nicht einmal die Grundvoraussetzungen der Aufnahmebereitschaft vorhanden waren, die Geistererscheinungen so oft vorangehen. Man diskutierte, wie ich seither von Mr. Otis erfuhr, die üblichen

Themen, die von gebildeten Amerikanern der Oberschicht besprochen werden, wie zum Beispiel die gewaltige schauspielerische Überlegenheit von Miss Fanny Davenport über Sarah Bernhardt; die Schwierigkeit, selbst in den besten englischen Häusern Süßmais, Buchweizenkekse und Maisbrei zu bekommen; die Bedeutung Bostons für die Ausbildung eines Weltbewußtseins; die Vorzüge des Gepäckscheinsystems für Bahnreisende und wie klangvoll der New Yorker Akzent im Vergleich zur schleppenden Sprechweise der Londoner doch sei. Übernatürliche Phänomene wurden gar nie erwähnt, und von Simon de Canterville war nicht im entferntesten die Rede. Um elf zog sich die Familie zurück, und um halb zwölf waren alle Lichter aus. Einige Zeit später wurde Mr. Otis von einem seltsamen Geräusch im Gang vor seinem Zimmer geweckt. Es klang wie Kettenrasseln und schien immer näher zu kommen. Er stand auf, zündete ein Streichholz an und schaute auf die Uhr. Es war Punkt eins. Er war ganz ruhig und befühlte seinen Puls, der sich überhaupt nicht beschleunigt hatte. Das seltsame Geräusch war noch immer da, und dazu hörte er deutlich Schritte. Er schlüpfte in seine Pantoffeln, nahm ein kleines längliches Fläschchen aus seinem Toilettenbeutel und öffnete die Tür. Direkt vor sich sah er im fahlen Mondlicht einen furchterregenden Greis. Seine Augen waren rot wie glühende Kohle, sein langes graues Haar fiel ihm in filzigen Strähnen über die Schultern, seine altmodischen Kleider waren verdreckt und zerlumpt, und von seinen Handgelenken und Knöcheln hingen schwere Fesseln und rostige Ketten.

»Geschätzter Herr«, sagte Mr. Otis, »ich muß wirklich darauf bestehen, daß Sie diese Ketten ölen, und dazu habe ich Ihnen ein Fläschchen Flutsch, Marke ›Tammanys Morgensonne‹, mitgebracht. Es soll schon nach einer Anwendung Abhilfe bringen, lesen Sie die Empfehlung der besten Geistlichen aus unserem Land auf der Packung. Ich stelle es Ihnen hier neben die Schlafzimmerkerzen und liefere gerne nach, falls Sie mehr benötigen.« Mit diesen Worten stellte der amerikanische Gesandte die Flasche auf einen Marmortisch, schloß die Tür und legte sich wieder hin.

Einen Moment lang blieb das Gespenst von Canterville in verständlicher Empörung stockstill stehen, dann fegte es die Flasche auf den polierten Fußboden und floh mit dumpfem Stöhnen und schauerlich grünem Leuchten den Gang hinunter. Doch als es direkt über der großen Eichentreppe war, wurde eine Tür aufgerissen, zwei kleine Gestalten in Weiß tauchten auf, und ein großes Kissen sauste an seinem Kopf vorbei! Es war offensichtlich keine Zeit zu verlieren, darum nahm der Geist hastig Zuflucht zur vierten Dimension und verschwand durch das Täfer, worauf es still wurde im Haus.

In einer Geheimkammer im linken Flügel angekommen, lehnte er gegen einen Mondstrahl, um Atem zu holen, und versuchte zu begreifen, was da geschehen war. Niemals

zuvor in seiner brillanten, ununterbrochenen Karriere von dreihundert Jahren hatte man ihn so gröblich beleidigt. Er dachte an die Herzoginwitwe, die er in Panik versetzt hatte, als sie spitzen- und diamantengeschmückt vor ihrem Spiegel stand; an die vier Hausmädchen, die schon hysterisch wurden, wenn er sie bloß durch die Vorhänge in einem der unbenutzten Schlafzimmer angrinste; an den Gemeindepfarrer, dem er die Kerze ausgeblasen hatte, als er einmal spätabends aus der Bibliothek kam, worauf er als nervliches Wrack bei Sir William Gull in Behandlung blieb; und an die alte Madame de Tremouillac, die sich sechs Wochen lang mit Hirnentzündung zu Bett legen mußte, nachdem sie eines Morgens früh erwacht war und im Kaminsessel ein Skelett bei der Lektüre ihres Tagebuchs gesehen hatte, und die sich nach ihrer Genesung mit der Kirche aussöhnte und ihre Beziehung zum notorischen Skeptiker Monsieur de Voltaire abbrach. An die Schreckensnacht dachte er, als man den üblen Lord Canterville röchelnd in seinem Ankleideraum fand, wo er am Karobuben in seinem Hals erstickte und kurz vor seinem Tod noch gestand, mit ebendieser Karte Charles James Fox bei Crockford's um fünfzigtausend Pfund betrogen zu haben, und schwor, daß der Geist ihn sie schlucken hieß. All seine Bravourstücke fielen ihm wieder ein: vom Butler, der sich in der Anrichte erschossen hatte, weil er eine grüne Hand ans Fenster klopfen sah, bis zur wunderschönen Lady Stutfield, die ständig ein schwarzes Halsband tragen mußte, um die fünf Fingermale auf ihrer weißen Haut zu verbergen, und die sich schließlich im Karpfenteich am Ende des Königswegs ertränkte. Mit der begeisterten Selbstverliebtheit des echten Künstlers ließ er seine größten Triumphe Revue passieren und lächelte bitter, als er an seinen letzten Auftritt als »Roter Ruben oder die erwürgte Unschuld« dachte, sein Debüt als »Hagerer Gibeon, der Blutsauger von Bexley Moor« und den fulminanten Erfolg eines Kegelspiels mit den eigenen Knochen an einem lieblichen Juniabend auf dem Rasentennisplatz. Und nach all dem mußten ein paar elende moderne Amerikaner daherkommen, ihm Flutsch, »Tammanys Morgensonne«, anbieten und ihn mit Kissen bewerfen! Es war einfach unerträglich, und eine solche Behandlung hatte im Lauf der Geschichte noch kein Geist erfahren. Darum schwor er Rache und blieb bis zum Morgengrauen tief in Gedanken versunken.

III

Als sich Familie Otis am anderen Morgen beim Frühstück traf, wurde das Gespenst ausgiebig diskutiert. Der Gesandte war natürlich etwas verärgert, daß sein Geschenk keinen Anklang gefunden hatte. »Ich möchte dem Gespenst nicht zu nahe treten«, meinte er,

»und ich muß sagen, daß ich es gar nicht höflich finde, es mit Kissen zu bewerfen, wenn man bedenkt, wie lange es schon in diesem Haus wohnt« – womit er sehr recht hatte, auch wenn leider festgestellt werden muß, daß die Zwillinge die Bemerkung mit einem Lachanfall quittierten.

»Trotzdem«, fuhr er fort, »werden wir ihm die Ketten wegnehmen müssen, wenn er Flutsch, ›Tammanys Morgensonne‹, wirklich nicht anwenden will. Bei einem solchen Lärm vor der Schlafzimmertür könnte man ja sonst kein Auge zutun.«

Aber für den Rest der Woche wurden sie nicht mehr belästigt, und einzig der ständig erneuerte Blutfleck auf dem Fußboden der Bibliothek erregte noch Aufmerksamkeit. Das war doch sehr seltsam, da Mr. Otis jede Nacht die Tür zusperrte und die Fenster fest verriegelt waren. Auch die chamäleonhafte Farbe des Flecks gab zu manchen Bemerkungen Anlaß. Gelegentlich war er am Morgen stumpf, fast eisenrot, dann wieder zinnober-, darauf stark purpurrot, und einmal, als sie nach den simplen Bräuchen der Freien Reformierten Episkopalkirche Amerikas zum Familiengebet zusammenkamen, war er leuchtend smaragdgrün. Diese kaleidoskopartigen Farbwechsel amüsierten die Gesellschaft natürlich sehr, und jeden Abend wurde eifrig auf eine Farbe gewettet. Nur die kleine Virginia scherzte nicht mit. Sie war aus unbekannten Gründen jedesmal sehr betrübt über den Anblick des Blutflecks und weinte am Morgen beinahe, als er smaragdgrün war.

Zum zweitenmal erschien der Geist in einer Sonntagnacht. Kurz nachdem sie zu Bett gegangen waren, wurden sie durch ein schreckliches Getöse im Saal aufgeschreckt. Sie rasten nach unten und sahen, daß eine große alte Rüstung von ihrem Sockel auf den Steinboden gekracht war, und daneben saß in einem hochlehnigen Stuhl das Gespenst von Canterville und rieb sich mit schmerzverzerrter Miene die Knie. Die Zwillinge, die ihre Erbsenschleudern dabeihatten, feuerten gleich mit der Treffsicherheit, die man nur durch langes und sorgfältiges Üben an einem Schönschreiblehrer erzielt, zwei Kugeln auf ihn ab, während der Gesandte der Vereinigten Staaten von Amerika seinen Revolver anlegte und in bester kalifornischer Manier »Hände hoch!« rief. Der Geist fuhr mit einem wilden Tobsuchtsschrei auf und wehte durch sie hindurch wie ein Nebel, wobei er Washingtons Kerze auslöschte und sie in völliger Dunkelheit zurückließ. Am oberen Treppenende faßte er sich und beschloß, sein berühmtes dämonisches Gelächter erschallen zu lassen. Es hatte sich schon mehr als einmal bewährt. Lord Rakers Perücke sei davon in einer einzigen Nacht ergraut, hieß es, und bestimmt drei von Lady Cantervilles französischen Gouvernanten hatten deswegen gekündigt, bevor ein Monat um war. Also lachte er sein gräßlichstes Lachen, bis es unter dem alten Kuppeldach zweimal widerhallte; aber kaum war das schreckliche Echo erstorben, ging eine Tür auf, und Mrs. Otis trat im hellblauen

Morgenrock heraus. »Ich fürchte, es geht Ihnen gar nicht gut«, sagte sie, »darum habe ich Ihnen Dr. Dobells Elixier mitgebracht. Sie werden sehen, daß es bei Verdauungsproblemen verblüffend wirkt.« Der Geist funkelte sie zornig an und traf sogleich Anstalten, sich in einen großen schwarzen Hund zu verwandeln, eine Leistung, für die er zu Recht berühmt war und welcher der Hausarzt die bleibende Geistesschwäche von Lord Cantervilles Onkel, dem Ehrenwerten Thomas Horton, stets zuschrieb. Das Geräusch nahender Schritte brachte ihn jedoch von seinem grimmigen Vorhaben ab, und er begnügte sich damit, schwach zu glimmen, und verschwand im Moment, als die Zwillinge bei ihm waren, mit einem tiefen Friedhofsstöhnen.

Auf seinem Zimmer brach er völlig zusammen und bekam heftigste Zustände. Die Gemeinheit der Zwillinge und der vulgäre Materialismus der Mrs. Otis waren schlimm genug, aber am meisten plagte ihn, daß er es nicht geschafft hatte, den Kettenpanzer zu tragen. Er hatte gehofft, selbst moderne Amerikaner ließen sich von einem Gespenst in Rüstung beeindrucken, und sei es aus keinem vernünftigeren Grund als Hochachtung vor ihrem Nationaldichter Longfellow, mit dessen kunstvollen, gefälligen Versen er sich während Stunden die Langeweile vertrieben hatte, wenn die Cantervilles in der Stadt waren. Zudem war es seine eigene Rüstung. Er hatte sie mit großem Erfolg am Turnier von Kenilworth getragen und war von der jungfräulichen Königin höchstpersönlich dazu beglückwünscht worden. Doch als er sie anzog, drückte ihn das Gewicht der mächtigen Brustplatte samt Eisenhelm vollkommen nieder, und er schlug schwer auf dem Steinboden auf, schürfte sich beide Knie blutig und quetschte die Knöchel der rechten Hand.

Tagelang fühlte er sich danach sehr krank und rührte sich kaum aus seinem Zimmer, außer um nach dem Blutfleck zu sehen. Doch weil er sich richtig pflegte, erholte er sich wieder und wollte einen dritten Versuch wagen, den Gesandten der Vereinigten Staaten von Amerika und seine Familie zu erschrecken. Er wählte Freitag, den 17. August, für sein Erscheinen und verbrachte fast den ganzen Tag vor seiner Garderobe, bis er sich schließlich für einen großen Schlapphut mit roter Feder, ein Leichentuch mit Hand- und Halskrause und einen rostigen Dolch entschied. Gegen Abend kam heftiger Regen auf, und der Wind blies so stark, daß alle Fenster und Türen im alten Haus klapperten und bebten. Genau solches Wetter liebte er. Er hatte vor, sich in Washington Otis' Zimmer zu schleichen, am Fußende seines Bettes etwas zu murmeln und sich zu langsamer Musik dreimal in die Kehle zu stechen. Auf Washington war er besonders schlecht zu sprechen, weil er wohl wußte, daß er es war, der jeweils den berühmten Blutfleck von Canterville mit Pinkertons Sauberkünstler wegwischte. Hatte er erst den leichtsinnigen Frechdachs in wimmerndes Entsetzen gebracht, wollte er weiter zum Zimmer des Gesandten und seiner Frau und Mrs. Otis seine feuchtkalte Hand auf die Stirn legen, während er ihrem zitternden Gatten die schrecklichen Geheimnisse des Beinhauses ins Ohr zischelte. Was die kleine Virginia betraf, war er noch unentschlossen. Sie hatte ihn nie im geringsten beleidigt und war sanft und hübsch. Ein paar hohle Seufzer aus dem Kleiderschrank würden wohl reichen, dachte er, oder wenn sie davon nicht erwachte, könnte er auch mit schüttellahmen Fingern an ihrer Bettdecke zupfen. Den Zwillingen aber wollte er unbedingt eine Lektion erteilen. Zunächst mußte er sich ihnen natürlich auf die Brust setzen, damit sie einen richtig beklemmenden Alptraum hatten. Und weil ihre Betten ziemlich dicht nebeneinanderstanden, würde er dann als grüner, eiskalter Leichnam zwischen ihnen stehen, bis sie starr vor Schreck waren, um darauf das Laken abzuwerfen und mit weißen, gebleichten Knochen und rollendem Auge als »Stummer Daniel oder das Selbstmördergerippe« durchs Zimmer zu kriechen, eine Rolle, mit der er mehr als einmal Aufsehen erregt hatte und die es seiner Meinung nach unbedingt mit seinem berühmten »Martin der Wahnsinnige oder das Rätsel hinter der Maske« aufnehmen konnte.

Um halb elf hörte er die Familie zu Bett gehen. Eine Weile störten ihn noch die schrillen Lacher der Zwillinge, die offensichtlich vor dem Schlafengehen ihre unbekümmerten Schuljungenspäße trieben, aber um Viertel nach elf war alles still, und als es Mitternacht schlug, brach er auf. Die Eule schlug gegen die Fensterscheiben, der Rabe krächzte von der alten Eibe, und der Wind stöhnte ums Haus wie eine verlorene Seele; doch Familie Otis schlief und ahnte nichts von ihrem Verhängnis, und über allem Regen und Sturm hörte er das regelmäßige Schnarchen des Gesandten der Vereinigten Staaten. Er trat verstohlen aus dem Täfer mit einem bösen Lächeln um seinen grausamen, faltigen Mund, und der Mond barg sein Gesicht in einer Wolke, als er am großen Erkerfenster vorbeischlich, das sein eigenes Wappen und das seiner ermordeten Frau in Azurblau und Gold trug. Immer weiter glitt er, wie ein böser Schatten, und das Dunkel selbst schien den zu hassen, der da vorüberzog. Einmal meinte er ein Rufen zu hören und hielt inne, doch es war nur ein Hundegebell vom Roten Hof, und er ging weiter, seltsame Flüche aus dem sechzehnten Jahrhundert murmelnd, und hin und wieder schwang er den rostigen Dolch durch die Mitternachtsluft.

Schließlich kam er zur Ecke, wo ein Gang zum Zimmer des unglückseligen Washington führte. Einen Augenblick blieb er dort stehen, der Wind wehte die langen grauen Locken um seinen Kopf und zauste das unaussprechlich grausige Leichentuch in bizarre, groteske Falten. Dann schlug die Uhr die Viertelstunde, und er hielt die Zeit für gekommen. Er kicherte vor sich hin und bog um die Ecke – um gleich darauf mit einem kläglichen Entsetzensschrei zurückzuweichen und sein erbleichtes Gesicht in den langen, knochigen

Händen zu bergen. Vor ihm stand ein gräßlicher Geist, reglos wie aus Holz geschnitzt und monströs wie der Traum eines Irren! Sein Kopf war kahl und glänzte, das Gesicht rund, fett und bleich, und ein scheußliches Lachen schien seine Züge zu einem ständigen Grinsen verzerrt zu haben. Aus den Augen glomm scharlachrotes Licht, der Mund war ein breiter Feuerbrunnen, es wallte stumm und weiß ein ekliges Gewand wie seines um die Titansgestalt. Auf der Brust hing eine Tafel, die in alter Schrift Seltsames verkündete, eine Schandtafel anscheinend, das Zeugnis verruchter Sünden, die grausige Liste seiner Verbrechen, und in der Rechten schwang er ein Krummschwert aus funkelndem Stahl.

Da er noch nie einen Geist gesehen hatte, erschrak er natürlich sehr und floh nach einem zweiten hastigen Blick auf das Phantom auf sein Zimmer zurück, stolperte über sein langes flatterndes Tuch, als er durch die Gänge hetzte, und ließ schließlich den rostigen Dolch in die Reitstiefel des Gesandten fallen, wo ihn der Butler am nächsten Morgen fand. In der Abgeschiedenheit seiner Privaträume angekommen, warf er sich auf eine schmale Pritsche und steckte sein Gesicht unter die Laken. Nach einer Weile aber erwachte die alte Cantervillesche Tapferkeit wieder, und er beschloß, wenn es Tag wurde, mit dem anderen Gespenst das Gespräch zu suchen. Also kehrte er, sobald die Dämmerung die Hügel in Silber tauchte, an den Ort zurück, wo er das schauerliche Phantom zuerst erblickt hatte, glaubte er doch, zwei Geister seien besser als einer, und mit Hilfe seines neuen Freundes werde er den Zwillingen bestimmt Meister. Als er aber zu der Stelle kam, bot sich ihm ein schrecklicher Anblick. Dem Gespenst war offensichtlich etwas zugestoßen, denn das Licht in seinen Augenhöhlen war ganz verglüht, das funkelnde Schwert war ihm aus der Hand gefallen, und es selbst lehnte verkrampft und unbequem gegen die Wand. Er schnellte vor und drückte es an sich, als zu seinem Entsetzen der Kopf abfiel und über den Boden rollte, der Körper zusammensackte und er mit einem groben weißen Bettvorhang in den Armen dastand, zu seinen Füßen eine Scheuerbürste, ein Küchenbeil und eine ausgehöhlte Rübe! Außerstande, diese seltsame Wandlung zu begreifen, packte er mit fiebriger Eile das Plakat und las dort im grauen Morgenlicht folgende gräßliche Worte:

Der Geist des Hauses Otis.
Das einzig echte Originalgespenst.
Vor sämtlichen Nachahmungen wird gewarnt.
Alle übrigen sind Fälschungen.

Jetzt kam ihm der Geistesblitz: Er war getäuscht, hereingelegt und übertölpelt worden! Der alte Canterville-Blick trat in seine Augen; er knirschte mit seinen zahnlosen Kiefern, streckte seine welken Hände hoch über den Kopf und schwor im blumigen Stil der alten Schule, bevor Chanticleer zweimal froh in sein Horn gestoßen hätte, würden Bluttaten verübt und die Mordlust auf leisen Sohlen umgehen.

Kaum hatte er diesen schrecklichen Eid gesprochen, als vom roten Ziegeldach eines fernen Hofs ein Hahn krähte. Mit einem langen, leisen und bitteren Lachen wartete er. Stunde um Stunde wartete er, aber seltsamerweise krähte der Hahn nicht wieder. Um halb acht zwang ihn schließlich die Ankunft der Hausmädchen, seine fürchterliche Wache aufzugeben, und er schlich sich zurück auf sein Zimmer und sann dem vergeblichen Eid und seinen durchkreuzten Absichten nach. Er konsultierte verschiedene von ihm äußerst geschätzte Bücher über das alte Rittertum und stellte fest, daß bei allen Gelegenheiten, bei denen man diesen Eid geschworen hatte, Chanticleer immer ein zweites Mal gekräht hatte. »Verderben über das unbotsame Federvieh«, murrte er, »ich weiß noch den Tag, da hätte ich ihm meinen starken Speer durch die Kehle gerammt und ihn für mich krähen lassen, und wär' es den Todesschrei!« Darauf legte er sich in einen bequemen Bleisarg und blieb darin bis zum Abend.

IV

Am anderen Tag war das Gespenst sehr schwach und müde. Die schrecklichen Aufregungen der letzten vier Wochen begannen ihre Wirkung zu zeigen. Es war mit den Nerven völlig am Ende und zuckte beim leisesten Geräusch zusammen. Fünf Tage lang blieb es auf seinem Zimmer und rang sich schließlich dazu durch, die Sache mit dem Blutfleck auf dem Fußboden der Bibliothek aufzugeben. Wenn die Familie Otis ihn nicht wollte, hatte sie ihn auch nicht verdient. Offensichtlich waren die Otis Leute auf einer niedrigen, materialistischen Entwicklungsstufe und völlig unfähig, die Symbolkraft sinnlicher Phänomene zu schätzen. Geistererscheinungen und Astralleiblichkeit waren aber natürlich eine ganz andere Sache und auch nicht wirklich unter seiner Kontrolle. Es war seine feierliche Pflicht, einmal die Woche im Gang umzugehen und an jedem ersten und dritten Mittwoch im Monat vom großen Erkerfenster herab zu lallen, und es wußte nicht, wie es sich dieser Aufgaben ehrenvoll hätte entledigen können. Sein Leben war tatsächlich sehr arg gewesen, aber alles Übernatürliche nahm es äußerst ernst. Also schritt es an den folgenden drei Samstagen den Gang wie üblich zwischen Mitternacht und drei Uhr ab und traf dabei alle möglichen Vorkehrungen, um weder gehört noch gesehen zu werden. Es zog seine Stiefel aus, trat so vorsichtig wie möglich auf die alten, wurmstichigen Bretter, trug

einen großen Umhang aus schwarzem Samt und vergaß nicht, seine Ketten mit Flutsch zu ölen. Diese letzte Vorsichtsmaßnahme fiel ihm zwar zugegeben sehr schwer. Aber eines Abends stahl es sich, als die Familie beim Dinner saß, in Mrs. Otis' Schlafzimmer und entführte die Flasche. Zuerst schämte es sich ein wenig, war dann aber doch so vernünftig, die Vorteile der Erfindung einzusehen, und in gewissem Maße diente sie auch durchaus seinen Zwecken. Aber trotz allem ließ man es nicht in Ruhe. Ständig waren Fäden über den Flur gespannt, über die es im Dunkeln stolperte, und einmal stürzte es als »Schwarzer Isaak oder der Jäger von Hogley Woods« unglücklich, als es auf der von den Zwillingen mit Butter präparierten Fläche zwischen Gobelinzimmer und Eichentreppe ausrutschte. Diese Beleidigung erzürnte es so, daß es sich zu einer letzten Anstrengung entschloß, um seine Würde und seine gesellschaftliche Position wiederherzustellen, und die frechen jungen Etonschüler in der folgenden Nacht in seiner berühmten Rolle als »Rüpel Rupert oder der kopflose Graf« heimsuchen wollte.

In dieser Verkleidung war es seit siebzig Jahren nicht mehr erschienen; genauer, seit es damit die hübsche Lady Barbara Modish so erschreckt hatte, daß sie ihre Verlobung mit dem Großvater des jetzigen Lord Canterville ohne Vorwarnung auflöste und mit dem stattlichen Jack Castleton nach Gretna Green durchbrannte, weil sie, wie sie sagte, um nichts in der Welt in eine Familie einheiraten wollte, die ein so gräßliches Phantom ungehindert in der Dämmerung die Terrasse auf und ab spazieren ließ. Der unglückliche Jack wurde in der Folge von Lord Canterville im Duell auf Wandsworth Common erschossen, Lady Barbara starb in Tunbridge Wells an gebrochenem Herzen, bevor ein Jahr um war, und das Ganze war somit in jeder Beziehung ein großer Erfolg gewesen. Das Styling, wenn ich diesen modischen Ausdruck für eines der größten übernatürlichen oder – wissenschaftlicher gesagt – außernatürlichen Phänomene überhaupt verwenden darf, nahm es geschlagene drei Stunden in Anspruch. Schließlich war alles bereit, und es war sehr angetan von seiner Erscheinung. Zwar waren die großen Lederstiefel, die zur Kleidung paßten, etwas zu mächtig für es, und von den beiden Reiterpistolen konnte es nur eine finden. Aber im großen und ganzen war es zufrieden, glitt um Viertel nach eins aus dem Täfer und schlich den Gang hinunter. Als es zum Zimmer der Zwillinge kam, das, beiläufig gesagt, nach der Farbe seiner Tapeten das Blaue Zimmer hieß, fand es die Tür angelehnt. Weil ihm an einem effektvollen Auftritt gelegen war, schwang es sie weit auf – worauf ein schwerer Krug Wasser herunterfiel, es bis auf die Haut durchnäßte und seine linke Schulter nur um Zentimeter verfehlte. Gleichzeitig hörte es aus dem Himmelbett unterdrücktes Gelächter. Seine Nerven flatterten derart, daß es, so schnell es konnte, auf sein Zimmer entfloh und am nächsten Tag mit einer schweren Erkältung das Bett hüten mußte. Der einzige Trost bei der Sache war, daß es seinen Kopf nicht dabeigehabt hatte, denn sonst hätten die Folgen gravierend sein können.

Es gab jetzt jede Hoffnung auf, diese groben Amerikaner je zu erschrecken, und begnügte sich in der Regel damit, in Geisterpantoffeln, einem dicken roten Schal gegen Erkältungen um den Hals und einer kleinen Hakenbüchse, als Schutz vor allfälligen Attakken der Zwillinge, durch die Gänge zu schleichen.

Der entscheidende Schlag wurde ihm am 19. September versetzt.

Es war in die große Eingangshalle hinuntergegangen, wo es sich noch ungestört fühlte, und unterhielt sich damit, höhnische Bemerkungen über Aufnahmen des amerikanischen Gesandten und seiner Gattin von Saroni zu machen, welche die Ahnenporträts der Cantervilles ersetzt hatten. Es war einfach, aber korrekt in ein langes Leichentuch mit Moderflecken vom Friedhof gekleidet, hatte seine Kinnlade mit einem gelben Leinenstreifen hochgebunden und trug eine kleine Laterne und einen Totengräberspaten. Es war das Kostüm des »Jonas ohne Grab oder der Leichenräuber von Chertsey Barn«, eine seiner beachtlichsten Rollen, an die sich die Cantervilles mit gutem Grund erinnerten, denn sie war es eigentlich, die den Streit mit ihrem Nachbarn, Lord Rufford, auslöste. Es war etwa Viertel nach zwei Uhr morgens, und soweit es feststellen konnte, regte sich niemand. Doch als es zur Bibliothek schlenderte, um festzustellen, ob vom Blutfleck noch etwas zu sehen war, sprangen es plötzlich aus einer dunklen Ecke zwei Gestalten an, die wild mit den Armen um ihre Köpfe schlugen und ihm »buh!« ins Ohr kreischten.

In einer Panik, die unter den gegebenen Umständen nur natürlich war, raste das Gespenst zur Treppe, wo es aber Washington Otis mit dem großen Gartenschlauch warten sah; und da es seine Feinde derart von allen Seiten bedrängten und fast gestellt hatten, entschwand es in den großen Eisenofen, der zu seinem Glück nicht brannte, und mußte sich durch die Rauchfänge und Kamine nach Hause kämpfen, wo es in einem entsetzlichen Zustand ankam: dreckig, unordentlich und verzweifelt.

Danach wurde es nie mehr auf nächtlicher Expedition angetroffen. Die Zwillinge lauerten ihm mehrmals auf und streuten jede Nacht zum großen Ärger ihrer Eltern und der Dienstboten Nußschalen in den Gängen, aber es nützte alles nichts. Offensichtlich waren seine Gefühle so verletzt, daß es nicht mehr umgehen wollte. Also nahm Mr. Otis sein großes Werk, eine Geschichte der Demokratischen Partei, an der er schon seit Jahren arbeitete, wieder in Angriff; Mrs. Otis veranstaltete ein großartiges Picknick, das die ganze Grafschaft in Staunen versetzte; die Jungen spielten Lacrosse, Eucre, Poker und andere amerikanische Nationalspiele, und Virginia ritt auf ihrem Pony über die Feldwege, in Begleitung des jungen Herzogs von Cheshire, der seine letzte Ferienwoche auf

Canterville Chase verbrachte. Man nahm allgemein an, das Gespenst sei gegangen, und Mr. Otis schrieb in diesem Sinn an Lord Canterville, der darauf in seiner Antwort seine große Freude über die Nachricht zum Ausdruck brachte und der tüchtigen Gattin des Gesandten seine herzlichsten Glückwünsche übermittelte.

Doch die Familie Otis täuschte sich, denn der Geist war noch im Haus, und zwar sehr angeschlagen, aber überhaupt nicht bereit, die Sache auf sich beruhen zu lassen, zumal er vernommen hatte, der junge Herzog von Cheshire sei zu Gast, dessen Großonkel, Lord Francis Stilton, einst mit Colonel Carbury hundert Guineen gewettet hatte, er würde das Gespenst von Canterville zum Würfelspiel einladen, worauf man ihn am nächsten Morgen am Boden des Kartenzimmers als hilflosen Krüppel gefunden hatte, der zwar noch sehr alt wurde, aber nichts anderes mehr sagen konnte als »Doppelsechser«. Die Geschichte war damals allgemein bekannt, obwohl man selbstverständlich mit Rücksicht auf die Gefühle der beiden Adelsfamilien alles daransetzte, sie zu vertuschen, und ein ausführlicher Bericht mit sämtlichen Einzelheiten findet sich im dritten Band von Lord Tattles »Erinnerungen an den Prinzregenten und seine Freunde«. Natürlich war dem Gespenst sehr an einem Beweis gelegen, daß es seinen Einfluß über die Stiltons nicht verloren hatte, mit denen es übrigens entfernt verwandt war, da seine erste Cousine *en secondes noces* mit dem Freiherrn von Bulkeley verheiratet war, von dem die Herzöge von Cheshire bekanntlich in direkter Linie abstammen. Also traf es die nötigen Vorbereitungen, um Virginias kleinem Verehrer in seiner denkwürdigen Rolle als »Der Vampirmönch oder der Blutlose Benediktiner« zu erscheinen, einem so gräßlichen Auftritt, daß Lady Startup, als sie ihn an einem unheilvollen Silvester des Jahres 1764 sah, so durchdringende Schreie von sich gab, daß sie davon einen heftigen Schlaganfall erlitt und innerhalb von drei Tagen starb, in denen sie schnell noch die Cantervilles, ihre nächsten Verwandten, enterbte und ihr ganzes Geld ihrem Londoner Apotheker vermachte. Im letzten Moment jedoch hielt ihn seine entsetzliche Angst vor den Zwillingen im Zimmer zurück, und der kleine Herzog schlief friedlich unter dem großen Federbaldachin im Königlichen Schlafzimmer und träumte von Virginia.

V

Ein paar Tage später ritten Virginia und ihr lockenhäuptiger Kavalier über das Wiesland von Brockley, und sie zerriß ihr Reitkleid an einer Hecke so arg, daß sie beschloß, über die Hintertreppe ins Haus zu gehen, um nicht gesehen zu werden. Als sie am Gobelinzimmer vorbeirannte, dessen Tür zufällig offenstand, meinte sie darin jemand zu sehen, und im Glauben, es sei die Zofe ihrer Mutter, die manchmal dort arbeitete, schaute sie hinein und wollte sie bitten, ihr Kleid zu flicken. Doch zu ihrem großen Erstaunen war es das Gespenst von Canterville höchstselbst! Es saß am Fenster und sah zu, wie das zerstörte Gold der vergilbenden Bäume durch die Luft flog und die roten Blätter wild die lange Allee hinunterwirbelten. Seinen Kopf hatte es auf die Hand aufgestützt, und seine ganze Haltung verriet tiefe Niedergeschlagenheit. So elend und erbärmlich sah der Geist aus, daß Virginia, die im ersten Augenblick auf ihr Zimmer laufen und sich einschließen wollte, Mitleid mit ihm bekam und beschloß, ihn wenn möglich zu trösten. Ihr Schritt war so leicht und sein Trübsinn so groß, daß er nichts von ihrer Anwesenheit merkte, bis sie ihn ansprach.

»Es tut mir so leid für Sie«, sagte sie, »aber morgen gehen meine Brüder nach Eton zurück, und dann wird Sie niemand mehr plagen, wenn Sie sich gut benehmen.«

»Es ist absurd, von mir zu verlangen, daß ich mich gut benehme«, antwortete er und drehte sich verwundert nach der hübschen Kleinen um, die ihn anzusprechen gewagt hatte, »völlig absurd. Ich muß mit meinen Ketten rasseln, durch Schlüssellöcher stöhnen und in der Nacht umgehen, wenn du das damit meinst. Es ist mein einziger Daseinszweck.«

»Das ist überhaupt kein Daseinszweck, und Sie wissen, daß Sie sehr böse gewesen sind. Mrs. Umney hat uns am Tag unserer Ankunft erzählt, daß Sie Ihre Frau umgebracht haben.«

»Ich gebe es ja zu«, schmollte der Geist, »aber das war eine reine Familienangelegenheit und ging niemand sonst etwas an.«

»Es ist sehr unrecht, jemanden zu töten«, sagte Virginia, die manchmal einen reizenden puritanischen Ernst entwickeln konnte, den sie von einem Vorfahren aus dem alten Neuengland mitbekommen haben mußte.

»Ach, ich hasse die wohlfeile Strenge abstrakter Moral! Meine Frau war sehr unscheinbar, ließ meine Halskrausen nie ordentlich stärken und verstand nichts vom Kochen. Da hatte ich doch im Wald von Hogley einen Bock geschossen, einen prächtigen Spießer, und weißt du, wie sie ihn auftragen ließ ...? Na, aber das spielt jetzt auch keine Rolle, es ist alles vorbei. Trotzdem war es nicht sehr nett von ihren Brüdern, mich auszuhungern, auch wenn ich sie wirklich getötet habe.«

»Sie ... aushungern? O Mr. Geist, ich meine, Sir Simon, sind Sie etwa hungrig? Ich habe ein Sandwich dabei. Möchten Sie es gern haben?«

»Nein danke, ich esse jetzt nichts mehr, aber es ist trotzdem sehr nett von dir, und du bist überhaupt viel netter als deine gräßliche, grobe, vulgäre, unredliche Familie.«

»Schweigen Sie!« schrie Virginia und stampfte mit dem Fuß. »Wenn jemand gräßlich, grob und vulgär ist, sind Sie es; und was die Unredlichkeit angeht, wissen Sie sehr wohl, daß Sie die Farben aus meiner Schachtel gestohlen haben, um damit den lachhaften Blutfleck in der Bibliothek aufzufrischen. Erst haben Sie meine ganzen Rottöne genommen, auch das Zinnober, und ich konnte keine Sonnenuntergänge mehr malen, dann nahmen Sie das Smaragdgrün und das Chromgelb, und am Schluß blieb einzig das Indigo und Zinkweiß, und das reichte nur noch für Mondscheinszenen, die so traurig zum Anschauen sind und gar nicht einfach zu malen. Doch ich habe Sie nie verraten, obwohl ich sehr wütend war, und außerdem war die ganze Sache ein Witz: wer hat je von smaragdgrünem Blut gehört?«

»Na gut«, sagte der Geist ziemlich kleinlaut, »was hätte ich tun sollen? Es ist sehr schwierig heutzutage, an echtes Blut heranzukommen, und als dein Bruder mit seinem ›Fleckex‹ anfing, sah ich keinen Grund, nicht deine Farben zu nehmen. Farbe ist übrigens immer Geschmackssache: die Cantervilles haben zum Beispiel blaues Blut, das blaueste in ganz England, aber ich weiß, das bedeutet euch Amerikanern nichts.«

»Gar nichts wissen Sie; am besten würden Sie auswandern und etwas dazulernen. Mein Vater wird Ihnen mit Vergnügen die Schiffahrt bezahlen, und obwohl für Geistiges hohe Zollabgaben verlangt werden, wird es mit dem Zoll keine Schwierigkeiten geben, weil die Beamten alle Demokraten sind. Wenn Sie erst in New York sind, werden Sie großen Erfolg haben. Ich kenne viele Leute da, die hunderttausend Dollar für einen Großvater gäben und noch viel mehr für ein Familiengespenst!«

»Ich glaube nicht, daß Amerika mir gefallen würde.«

»Vermutlich weil wir keine Ruinen und nichts Ausgefallenes haben«, spottete Virginia.

»Keine Ruinen! Nichts Ausgefallenes!« antwortete der Geist. »Ihr habt doch eure Marine und eure Manieren.«

»Guten Abend, ich geh' jetzt und bitte Papa, er soll für die Zwillinge um eine weitere Woche Ferien ersuchen.«

»Bitte gehen Sie nicht, Miss Virginia«, rief er, »ich bin so einsam und unglücklich und weiß wirklich nicht ein noch aus. Ich will schlafen und kann nicht.«

»Das ist ja absurd! Sie brauchen sich bloß hinzulegen und die Kerze auszublasen. Wach bleiben ist manchmal schwierig, vor allem in der Kirche, aber schlafen doch nicht. Das können schon die kleinsten Kinder, und die sind nicht sehr schlau.«

»Ich habe seit dreihundert Jahren nicht mehr geschlafen«, sagte er traurig, und Virginias schöne blaue Augen weiteten sich vor Staunen, »dreihundert Jahre lang habe ich nicht geschlafen, und ich bin so müde.«

Virginia wurde sehr ernst, und ihre zarten Lippen zitterten wie Rosenblätter. Sie ging zu ihm, kniete neben ihm nieder und blickte zu seinem alten, welken Gesicht auf.

»Armes, armes Gespenst«, murmelte sie, »haben Sie keinen Platz, wo Sie schlafen können?«

»Weit weg jenseits der Kiefernwälder«, murmelte er mit leiser, traumverlorener Stimme, »liegt ein kleiner Garten. Dort wächst das Gras lang und tief, da sind die großen weißen Sterne der Schierlingsblume, und die Nachtigall singt die ganze Nacht. Die ganze Nacht lang singt sie, und der kalte Kristallmond schaut herab, und die Eibe breitet ihre riesigen Arme über die Schläfer aus.«

Virginias Augen wurden tränenblind, und sie barg ihr Gesicht in den Händen.

»Sie meinen den Garten des Todes«, flüsterte sie.

»Des Todes, ja. Der Tod muß so wunderbar sein. In der weichen braunen Erde liegen, und das Gras weht über dem Kopf, und man lauscht der Stille. Kein Gestern haben und auch kein Morgen. Die Zeit vergessen, dem Leben vergeben, im Frieden sein. Du kannst mir helfen. Du kannst für mich die Tore zum Totenhaus öffnen, denn die Liebe ist immer bei dir, und Liebe ist stärker als der Tod.«

Virginia zitterte, ein kalter Schauer überlief sie, und einen Augenblick lang war es still. Es kam ihr vor wie ein schrecklicher Traum.

Dann sprach der Geist wieder, und seine Stimme klang wie der seufzende Wind.

»Hast du je die alte Weissagung auf dem Bibliotheksfenster gelesen?«

»Doch, oft«, rief das Mädchen und schaute auf. »Ich kenne sie gut. Sie ist in seltsamen schwarzen Lettern gemalt und schwer zu lesen. Es sind nur sechs Zeilen:

›Wenn ein blondes Kind entringt
Ein Gebet dem Mund der Sünd',
Der kahle Mandelbaum erblüht,
Ein Mädchen seine Tränen gibt,
Dann wird das ganze Haus erst still,
Und Friede kommt nach Canterville.‹

Aber ich weiß nicht, was sie bedeuten.«

»Sie bedeuten«, sagte er traurig, »daß du mit mir um meine Sünden weinen mußt, denn ich habe keine Tränen, daß du für meine Seele beten mußt, denn ich bin ohne Glauben, und wenn du immer mild, gut und sanft gewesen bist, wird der Todesengel sich meiner erbarmen. Du wirst außerdem schreckliche Schatten sehen im Dunkel, und böse

Stimmen werden dir ins Ohr zischen, aber sie können dir nichts anhaben, denn gegen die Unschuld eines Kindes können die Mächte der Hölle nicht siegen.«

Virginia antwortete nicht, und der Geist blickte auf den gesenkten Goldschopf herab und rang seine Hände in heller Verzweiflung. Plötzlich erhob sie sich, ganz blaß und mit einem seltsamen Glanz in den Augen. »Ich habe keine Angst«, sagte sie fest, »und ich will den Engel bitten, Mitleid mit Ihnen zu haben.«

Mit einem schwachen Freudenschrei stand er auf, nahm ihre Hand und beugte sich mit altmodischem Charme darüber, um sie zu küssen. Seine Finger waren eiskalt, und seine Lippen brannten wie Feuer, doch Virginia wankte nicht, als er sie durch den dämmrigen Raum führte. Auf dem verblaßten grünen Gobelin waren kleine Jäger eingestickt. Sie bliesen in ihre mit Quasten geschmückten Hörner und winkten sie mit ihren winzigen Händen zurück. »Geh zurück, kleine Virginia!« riefen sie. »Geh zurück!« Aber der Geist drückte ihre Hand fester, und sie verschloß die Augen vor ihnen. Gräßliche Tiere mit Echsenschwänzen und Froschaugen blinzelten sie vom geschnitzten Kaminsims an und murmelten: »Gib acht, kleine Virginia! Gib acht! Vielleicht sehen wir dich nie mehr wieder.« Doch der Geist glitt schneller weiter, und Virginia hörte nicht hin. Als sie am Ende des Raums waren, blieb er stehen und murmelte Worte, die sie nicht verstand. Sie öffnete ihre Augen und sah, wie die Wand langsam verblaßte wie Nebel und eine große dunkle Höhle vor ihr aufging. Ein bitterkalter Wind fegte um sie, und sie spürte etwas an ihrem Kleid zupfen. »Schnell, schnell«, rief der Geist, »oder es ist zu spät«, und im nächsten Augenblick hatte sich das Täfer hinter ihnen geschlossen, und das Gobelinzimmer war leer.

VI

Etwa zehn Minuten darauf klingelte es zum Tee, und als Virginia nicht herunterkam, schickte Mrs. Otis einen Diener nach ihr. Kurze Zeit später kehrte er mit der Nachricht zurück, er könne Miss Virginia nirgends finden. Da sie jeden Abend Blumen für den Dinnertisch pflückte, war Mrs. Otis erst nicht beunruhigt, aber als es sechs Uhr schlug und Virginia immer noch nicht da war, wurde sie sehr nervös und schickte die Jungen nach draußen auf die Suche nach ihr, während Mr. Otis und sie im Haus von Raum zu Raum gingen. Um halb sieben kehrten die Jungen mit der Nachricht zurück, ihre Schwester sei spurlos verschwunden. Sie waren nun alle in größter Aufregung und wußten nicht, was tun, als Mr. Otis wieder einfiel, daß er vor ein paar Tagen einer Gruppe Zigeuner erlaubt hatte, im Park zu kampieren. Also brach er sogleich in Begleitung seines ältesten Sohnes und zweier Knechte nach Blackfell Hollow auf, wo sie sich, wie er wußte, aufhielten. Der kleine Herzog von Cheshire, der völlig außer sich war vor Sorge, flehte ihn an, mitgehen zu dürfen, doch Mr. Otis wollte es aus Furcht vor einem Handgemenge nicht erlauben. Bei seinem Eintreffen vor Ort stellte er aber fest, daß die Zigeuner verschwunden waren, und offensichtlich war der Aufbruch ziemlich plötzlich gewesen, denn das Feuer brannte noch, und Teller lagen im Gras. Er hieß Washington und die beiden Männer die Gegend durchkämmen und eilte nach Hause, wo er an alle Polizeiinspektoren der Grafschaft Telegramme schickte, in denen er zur Suche nach einem von Landstreichern oder Zigeunern entführten Mädchen aufrief. Dann verlangte er nach seinem Pferd, bestand darauf, daß seine Frau und die drei Jungen sich zu Tisch setzten, und ritt mit einem Stallburschen die Straße nach Ascot hinunter. Kaum war er aber ein paar Meilen entfernt, hörte er jemanden hinter sich hergaloppieren, und als er sich umdrehte, erkannte er den kleinen Herzog mit hochrotem Gesicht und ohne Hut auf seinem Pony.

»Tut mir schrecklich leid, Mr. Otis«, keuchte der Junge, »aber ich mag nichts essen, solange Virginia vermißt wird. Bitte seien Sie mir nicht böse; und wenn Sie letztes Jahr die Verlobung erlaubt hätten, wäre es gar nie soweit gekommen. Sie schicken mich doch nicht zurück, nicht wahr? Ich kann nicht! Ich will nicht zurück!«

Der junge Trotzkopf entlockte dem Gesandten ein Lächeln, und seine Verehrung Virginias rührte ihn sehr, also beugte er sich von seinem Pferd, klopfte ihm freundschaftlich auf die Schultern und sagte: »Gut, Cecil, wenn du nicht zurückgehen magst, mußt du wohl mit mir kommen, aber ich muß dir in Ascot einen Hut besorgen.«

»Ich pfeife auf meinen Hut! Ich will Virginia!« sagte der kleine Herzog zwischen Weinen und Lachen, und sie galoppierten weiter auf den Bahnhof zu. Dort fragte Mr. Otis den Vorstand, ob jemand, auf den die Beschreibung Virginias zutraf, auf dem Bahnsteig gesehen worden sei, doch er erfuhr nichts Neues. Hingegen drahtete der Vorstand an alle Stationen hinauf und hinunter und versicherte, man werde angestrengt nach ihr suchen, worauf Mr. Otis bei einem Modisten, der eben seine Läden zumachte, einen Hut für den kleinen Herzog kaufte und nach Bexley weiterritt, einem Dorf in vier Meilen Entfernung, das dem Vernehmen nach ein bekannter Lagerplatz der Zigeuner war, weil in der Nähe eine große Allmend lag. Dort alarmierten sie den Dorfpolizisten, von dem aber nichts zu erfahren war, und nachdem sie den ganzen Platz abgeritten hatten, wandten sie ihre Pferde heimwärts und kamen gegen elf todmüde und fast mit gebrochenem Herzen nach Canterville zurück. Washington und die Zwillinge warteten beim Torhaus mit Laternen auf sie, weil die Allee sehr dunkel war. Man hatte nicht die leiseste Spur von Virginia entdeckt. Die Zigeuner hatte man auf der Wiese von Brockley erwischt, doch sie war nicht bei ihnen, und ihren überstürzten Aufbruch hatten sie damit erklärt, sie hätten sich im Datum der Kirchweih von Chorton geirrt und seien Hals über Kopf weggegangen, um nicht zu spät zu kommen. Es tat ihnen sogar sehr leid, von Virginias Verschwinden zu hören, denn sie waren Mr. Otis außerordentlich dankbar, daß er sie in seinem Park kampieren ließ, und vier Männer anerboten sich, bei der Suche zu helfen. Der Karpfenteich war mit Schleppnetzen abgesucht und das ganze Grundstück durchkämmt worden, aber ohne Erfolg. Es stand fest, daß Virginia mindestens diese Nacht für sie verloren war, und Mr. Otis ging mit den Jungen völlig niedergeschlagen zum Haus zurück; der Stallbursche folgte mit den beiden Pferden und dem Pony. In der Halle begegneten ihnen ein paar verängstigte Dienstboten, und auf einem Sofa in der Bibliothek lag die arme Mrs. Otis, die vor Angst und Entsetzen halb wahnsinnig war, und ließ sich von der alten Haushälterin die Stirn mit Kölnischwasser abtupfen. Mr. Otis drängte darauf, daß sie etwas aß, und bestellte dann gleich für die ganze Gesellschaft einen Imbiß. Es war ein trübsinniges Mahl, kaum jemand sagte etwas, und selbst die Zwillinge waren entsetzt und betrübt, denn sie hatten ihre Schwester sehr gern. Als sie fertig waren, hieß Mr. Otis trotz der inständigen Bitten des kleinen Herzogs alle ins Bett gehen, da man diese Nacht nichts mehr tun könne, und morgen wolle er Scotland Yard ein Telegramm senden, sie sollten unverzüglich Detektive schicken. Als sie den Speisesaal verließen, schlug es von der Turmuhr eben Mitternacht, und beim letzten Schlag hörten sie ein Krachen und einen plötzlichen schrillen Schrei. Ein fürchterliches Donnergrollen durchbebte das Haus, Bruchstücke überirdischer Musik schwebten durch die Luft, oben an der Treppe schwang eine Holztafel geräuschvoll zurück, und ganz weiß und blaß, eine kleine Schatulle in der Hand, erschien Virginia auf dem Treppenabsatz. Im Nu waren sie alle zu ihr geeilt. Mrs. Otis umarmte sie leidenschaftlich, der Herzog erstickte sie fast mit heftigen Küssen, und die Zwillinge veranstalteten einen wilden Kriegstanz um die ganze Gruppe.

»Um Gottes willen, Kind, wo bist du bloß gewesen?« rief Mr. Otis ziemlich verärgert und dachte, sie habe sich einen üblen Scherz erlaubt. »Cecil und ich haben die ganze Gegend nach dir abgesucht, und deine Mutter hat sich zu Tode geängstigt. Du darfst uns nie mehr einen solchen Streich spielen.«

»Nur noch dem Gespenst! Dem Gespenst schon!« kreischten die Zwillinge beim Herumtollen.

»Mein liebster Schatz, Gott sei Dank bist du wieder da, du darfst nie wieder weg«, flüsterte Mrs. Otis, als sie das zitternde Kind küßte, und glättete die wirren blonden Locken.

»Papa«, sagte Virginia ruhig, »ich bin mit dem Geist zusammengewesen. Er ist tot, du mußt zu ihm mitkommen. Er war einmal sehr böse, aber er hat alles, was er getan hat, aufrichtig bereut und mir, bevor er starb, dieses Kästchen voll herrlicher Juwelen gegeben.«

Die ganze Familie staunte sie stumm an, aber sie war ganz gefaßt und ernst, drehte sich um und führte sie durch die Öffnung im Täfer einen schmalen Geheimgang hinunter, Washington folgte mit einer brennenden Kerze, die er vom Tisch genommen hatte. Schließlich kamen sie zu einer großen, mit rostigen Nägeln beschlagenen Eichentür. Als Virginia sie berührte, schwang sie auf ihren schweren Scharnieren zurück, und sie fanden sich in einer niedrigen Kammer mit gewölbter Decke und einem einzigen kleinen Gitterfenster wieder. In die Wand war ein großer Eisenring eingelassen, an den ein schauerliches Gerippe gekettet war, das ausgestreckt auf dem Steinboden lag und zu versuchen schien, mit seinen fleischlosen Fingern ein altmodisches Schneidebrett samt Krug zu greifen, die knapp außerhalb seiner Reichweite standen. Im Krug war offensichtlich einmal Wasser gewesen, da er inwendig mit grünem Schimmel überzogen war, auf dem Brett lag nur eine dicke Staubschicht. Virginia kniete neben dem Skelett nieder, faltete ihre kleinen Hände und begann still zu beten, während die übrige Gesellschaft voll Verwunderung auf die schreckliche Tragödie blickte, deren Geheimnis sich ihnen jetzt enthüllte.

»Hallo!« rief plötzlich einer der Zwillinge, der aus dem Fenster geschaut hatte, um festzustellen, in welchem Schloßflügel der Raum wohl lag. »Hallo! Der kahle alte Mandelbaum blüht. Ich seh' die Blüten ganz deutlich im Mondlicht.«

»Gott hat ihm vergeben«, sagte Virginia ernst und erhob sich, und ein wundervolles Licht schien ihr Gesicht zu erhellen.

»Ein Engel bist du!« rief der junge Herzog, legte seinen Arm um ihren Hals und küßte sie.

VII

Vier Tage nach diesen seltsamen Geschehnissen brach auf Canterville gegen elf Uhr nachts ein Trauerzug auf. Der Leichenwagen wurde von acht schwarzen Pferden gezogen, und jedes trug einen großen Busch wippender Straußenfedern auf dem Kopf, den Bleisarg deckte ein kostbares Purpurtuch mit dem Wappen der Cantervilles in Goldstickerei. Neben der Bahre und den Kutschen gingen die Diener mit brennenden Fackeln, und die ganze Prozession war ungemein eindrücklich. Lord Canterville als Hauptleidtragender war eigens von Wales zum Begräbnis gekommen und saß mit der kleinen Virginia in der ersten Kutsche. Es folgten der Gesandte der Vereinigten Staaten von Amerika und seine

Gattin, Washington und die drei Jungen, und im letzten Wagen saß Mrs. Umney, denn man fand allgemein, nachdem der Geist sie während mehr als fünfzig Jahren ihres Lebens erschreckt hatte, habe sie ein Recht auf diesen Abschied. Man hatte in der Friedhofsecke, gleich unter der alten Eibe, ein tiefes Grab ausgehoben, und der Gottesdienst wurde auf sehr bewegende Weise von Pfarrer Augustus Dampier gehalten. Als die Zeremonie vorbei war, löschten die Diener nach einem alten Brauch bei den Cantervilles ihre Fackeln, und als der Sarg ins Grab hinuntergelassen wurde, trat Virginia vor und legte ein großes Kreuz aus weißen und rosa Mandelblüten darauf. Unterdessen kam der Mond hinter einer Wolke hervor und tauchte den kleinen Friedhof in stilles Silber, während in einem fernen Wäldchen eine Nachtigall zu singen begann. Sie dachte daran, wie der Geist den Todesgarten beschrieben hatte, ihre Augen schwammen in Tränen, und sie redete auf der Heimfahrt kaum ein Wort.

Am nächsten Morgen besprach sich Mr. Otis mit Lord Canterville vor dessen Abreise in die Stadt über die Juwelen, die das Gespenst Virginia gegeben hatte. Sie waren absolut prachtvoll, vor allem ein Rubinhalsband mit altvenezianischer Fassung, ein einzigartiges Beispiel der Goldschmiedekunst des sechzehnten Jahrhunderts, und ihr Wert war so groß, daß Mr. Otis beträchtliche Skrupel hatte, seine Tochter sie behalten zu lassen.

»Mylord«, sagte er, »ich weiß, daß hierzulande Schmuck ebenso unveräußerlich ist wie Grund und Boden, und es ist mir völlig klar, daß diese Juwelen Erbstücke Ihrer Familie sind oder sein sollten. Ich muß Sie darum bitten, sie nach London mitzunehmen und als Eigentum zu betrachten, das Ihnen unter gewissen merkwürdigen Umständen wiedergegeben wurde. Meine Tochter ist noch ein Kind und hat, darf ich sagen, noch wenig Interesse an derartigen reinen Luxusgegenständen. Außerdem bedeutet mir Mrs. Otis, die – Sie gestatten – keinen geringen Kunstverstand hat, da sie in ihrer Mädchenzeit etliche Winter in Boston verbringen durfte, daß diese Schmuckstücke einen großen Geldwert darstellen und auf dem Markt einen hohen Preis erzielen würden. Unter diesen Umständen bin ich sicher, Lord Canterville, Sie verstehen, daß es mir rein unmöglich wäre, einem Mitglied meiner Familie ihren Besitz zu erlauben, abgesehen davon, daß solche eitlen Glitzerdinge und Spielzeuge zwar zur Würde des britischen Adels gehören oder notwendig sind, aber absolut fehl am Platz bei jenen, die nach den gestrengen und, wie ich meine, unvergänglichen Prinzipien einer republikanischen Gesinnung erzogen wurden. Ich möchte höchstens anmerken, daß Virginia sehr gern ihre Erlaubnis hätte, das Kästchen zur Erinnerung an Ihren unglücklichen, jedoch fehlgeleiteten Ahnherrn zu behalten. Da es sehr alt und darum ziemlich schadhaft ist, sind Sie vielleicht geneigt, ihr die Bitte zu erfüllen. Was mich betrifft, bin ich recht überrascht, daß eins meiner Kinder überhaupt für etwas Mittelalterliches schwärmen mag, und kann es nur der Tatsache zuschreiben, daß Virginia in einer Londoner Vorstadt geboren wurde, kurz nachdem Mrs. Otis von einer Reise nach Athen zurückgekehrt war.«

Lord Canterville hörte sich diese Rede des wackeren Gesandten sehr gefaßt an und zupfte bloß ab und zu an seinem grauen Schnurrbart, um ein unwillkürliches Lächeln zu verbergen. Als Mr. Otis fertig war, drückte er ihm herzlich die Hand und sagte: »Mein lieber Sir, Ihre bezaubernde kleine Tochter hat meinem unglücklichen Vorfahren, Sir Simon, einen sehr bedeutsamen Dienst erwiesen, und ich und meine Familie sind ihr für ihren erstaunlichen Mut und ihre Unerschrockenheit zu großem Dank verpflichtet. Die Juwelen gehören zweifellos ihr, und ich glaube, weiß Gott, der schlimme Alte wäre in vierzehn Tagen wieder aus seinem Grab und würde mir die Hölle heiß machen, wenn ich so herzlos wäre, sie ihr wegzunehmen. Was die Unveräußerlichkeit betrifft, müßte sie in einem Testament oder amtlichen Schriftstück erwähnt sein, und von diesen Juwelen wußte niemand etwas. Ich versichere Ihnen, daß ich kein größeres Recht darauf habe als Ihr Butler, und wenn Miss Virginia erwachsen ist, wird es ihr gewiß Freude machen, etwas Hübsches zu tragen. Im übrigen vergessen Sie, Mr. Otis, daß Sie Mobiliar und Geist zum Schätzwert übernommen haben, womit dessen ganzes Hab und Gut unverzüglich in Ihren Besitz überging, denn ungeachtet davon, welche Aktivitäten Sir Simon zu nächtlicher Stunde im Schloßgang entfaltete, war er doch rechtlich gesehen tot, und Sie haben sein Eigentum käuflich erworben.«

Mr. Otis machte Lord Cantervilles Weigerung ziemlich zu schaffen, und er bat ihn, darauf zurückzukommen, aber der gutmütige Pair blieb fest, und er konnte den Gesandten schließlich dazu bewegen, seiner Tochter die Erlaubnis zur Annahme des Geistergeschenks zu geben, und als die junge Herzogin von Cheshire im Frühling 1890 anläßlich ihrer Hochzeit im Prunksalon der Königin bei Hofe vorgestellt wurde, erregten ihre Juwelen größte Bewunderung. Virginia bekam nämlich ihr verdientes Adelskrönchen, wie alle braven kleinen Amerikanerinnen, und wurde mit ihrem Jugendfreund getraut, sobald er volljährig war. Sie waren beide so reizend und hatten einander so gern, daß alle Welt entzückt war über die Hochzeit, bis auf die alte Marquise von Dumbleton, die den Herzog für eine ihrer sieben ledigen Töchter kapern wollte und dazu nicht weniger als drei teure Abendgesellschaften gegeben hatte, und bis auf Mr. Otis selbst, merkwürdigerweise. Denn Mr. Otis schätzte den jungen Herzog zwar persönlich sehr, hatte theoretisch aber etwas gegen Titel und war, nach seinen eigenen Worten, »nicht ohne die Befürchtung, die wahren Prinzipien republikanischer Einfachheit könnten durch den schwächenden Einfluß einer vergnügungssüchtigen Adelsgesellschaft zugrunde gehen«. Aber seine Einwände wurden komplett überstimmt, und ich meine, als er das Schiff der St. George's Church am Hanover Square mit seiner Tochter am Arm heraufschritt, war weit und breit kein Mann in England so stolz wie er.

Nach den Flitterwochen reiste das Herzogspaar nach Canterville Chase, und am Tag nach ihrer Ankunft spazierten die beiden nachmittags zum einsamen Friedhof beim Kiefernwald. Die Inschrift auf Sir Simons Grabstein hatte zunächst viel Kopfzerbrechen bereitet, aber schließlich beschloß man, nur die Initialen des alten Herrn und den Spruch vom Bibliotheksfenster einzuritzen. Die Herzogin hatte liebliche Rosen mitgebracht, die sie auf das Grab streute, und als sie eine Weile davorgestanden hatten, schlenderten sie zum zerfallenen Chorraum der alten Abtei. Dort setzte sich die Herzogin auf eine umgestürzte Säule, während ihr Gatte zu ihren Füßen eine Zigarette rauchte und zu ihren schönen Augen aufschaute. Plötzlich warf er seine Zigarette weg, nahm ihre Hand und sagte zu ihr: »Virginia, eine Frau sollte keine Geheimnisse vor ihrem Ehemann haben.«

»Ich habe keine Geheimnisse vor dir, lieber Cecil!«

»Doch«, antwortete er lächelnd, »du hast mir nie gesagt, was du erlebt hast, als du mit dem Geist eingeschlossen warst.«

»Das habe ich nie jemandem erzählt, Cecil«, sagte Virginia ernst.

»Ich weiß, aber mir könntest du es doch wohl sagen.«

»Bitte frag mich nicht, Cecil, ich kann nicht. Der arme Sir Simon! Ich schulde ihm viel. Ja, lach nur nicht, Cecil, es ist wirklich so. Er hat mir gezeigt, was Leben heißt, was Tod bedeutet und warum die Liebe stärker als beides ist.«

Der Herzog stand auf und küßte seine Frau liebevoll.

»Du kannst dein Geheimnis behalten, solange dein Herz mir gehört«, murmelte er.

»Es hat immer dir gehört, Cecil.«

»Und eines Tages wirst du es unsern Kindern erzählen, nicht wahr?«

Virginia wurde rot.

Der Glückliche Prinz

Weit über der Stadt, auf einer hohen Säule, stand die Statue des Glücklichen Prinzen. Er war ganz mit Feingold in dünnen Blättchen überzogen, die Augen waren zwei helle Saphire, und ein großer roter Rubin glühte auf seinem Schwertknauf.

Er fand allergrößte Bewunderung. »Er ist so schön wie ein Wetterhahn«, bemerkte ein Stadtrat, der in den Ruf eines Kunstverständigen gelangen wollte; »bloß nicht ganz so nützlich«, ergänzte er, aus Angst, man zweifle an seiner praktischen Ader, die er gewiß besaß.

»Warum kannst du nicht sein wie der Glückliche Prinz?« fragte eine vernünftige Mutter ihren kleinen Schreihals, der die Sterne vom Himmel holen wollte. »Der Glückliche Prinz denkt im Traum nicht daran, wegen irgend etwas so zu schreien.«

»Ich bin froh, daß jemand auf dieser Welt richtig glücklich ist«, brummte ein Enttäuschter beim Betrachten der wunderbaren Statue.

»Er sieht genau wie ein Engel aus«, sagten die Armenschüler, als sie in ihren leuchtend scharlachroten Mänteln und sauberen weißen Schürzen aus dem Dom kamen.

»Wie wollt ihr das wissen?« sagte der Rechenlehrer. »Ihr habt nie einen gesehen.«

»Doch, das haben wir, im Traum«, antworteten die Kinder, und der Rechenlehrer runzelte die Stirn und machte seine strengste Miene, denn es gefiel ihm nicht, daß Kinder träumten.

Eines Nachts flog eine kleine Schwalbe über die Stadt. Ihre Freunde waren schon vor sechs Wochen nach Ägypten geflogen, aber der Schwälbling war noch geblieben, weil er die strahlendste Schilfschönheit liebte. Er war ihr im frühen Frühling begegnet, als er einem großen gelben Falter den Fluß hinunter nachflog, und war von ihrer schmalen Taille so betört, daß er innehielt, um mit ihr zu reden.

»Soll ich dein Liebster sein?« fragte der Vogel, der gern gleich zur Sache kam, und die Schilfschönheit neigte sich tief. Also schwirrte er um sie herum und streifte das Wasser mit seinen Flügeln, daß es sich silbrig kräuselte. So warb er um sie den ganzen Sommer.

»Eine lächerliche Liaison«, zwitscherten die anderen Schwalben, »sie hat kein Geld und viel zu viele Verwandte«, und tatsächlich war der Fluß voller Schilf. Als dann der Herbst kam, flogen sie alle weg.

Als sie gegangen waren, fühlte der Schwälbling sich einsam und wurde seiner Herzensdame allmählich müde. »Sie weiß nichts zu sagen«, meinte er, »und ich fürchte, sie ist eine Kokette, denn sie flirtet die ganze Zeit mit dem Wind.« Und tatsächlich verneigte die Schilfschönheit sich immer sehr artig, wenn der Wind ging. »Gewiß, häuslich ist sie«, fuhr er fort, »aber ich reise gern, und darum sollte meine Frau auch gerne reisen.«

»Willst du mit mir kommen?« fragte er sie schließlich, aber seine Liebste schüttelte den Kopf, denn sie hing so an ihrem Heim.

»Du hast mit mir gespielt«, rief er aus, »ich geh' fort zu den Pyramiden. Leb wohl!«, und er flog davon.

Den ganzen Tag lang flog er, und als es Nacht wurde, kam er zu der Stadt. »Wo soll ich unterkommen?« sagte er. »Hoffentlich hat die Stadt vorgesorgt.«

Dann sah er die Statue auf der hohen Säule. »Da übernachte ich«, rief er, »es ist eine schöne Lage, mit viel frischer Luft.« Und er landete genau zwischen den Füßen des Glücklichen Prinzen.

»Ich habe ein goldenes Schlafzimmer«, sagte er sich leise nach einem prüfenden Blick und wollte sich für die Nacht einrichten; doch gerade als er den Kopf unter seinen Flügel steckte, traf ihn ein schwerer Wassertropfen. »Wie seltsam!« rief er. »Am Himmel ist keine einzige Wolke, die Sterne sind ganz hell und klar, und doch regnet es. Das Klima im Norden Europas ist wirklich schrecklich. Meine Schilffreundin hatte Regen gern, aber sie dachte eben bloß an sich.«

Darauf fiel ein zweiter Tropfen.

»Was taugt eine Statue, die nicht vor Regen schützt«, sagte der Vogel; »ich muß mir eine gute Schornsteinkappe suchen«, und er beschloß wegzufliegen. Doch bevor er seine Flügel ausgebreitet hatte, fiel ein dritter Tropfen; er blickte auf und sah – ach!, was mußte er sehen?

Die Augen des Glücklichen Prinzen waren voll Tränen, und Tränen liefen seine goldenen Wangen hinunter. Sein Gesicht war so schön im Mondlicht, daß die kleine Schwalbe Mitleid bekam.

»Wer bist du?« fragte sie.

»Ich bin der Glückliche Prinz.«

»Warum weinst du dann?« fragte die Schwalbe; »du hast mich ganz durchnäßt.«

»Als ich noch lebte und ein menschliches Herz hatte«, antwortete die Statue, »wußte ich nicht, was Tränen sind, denn ich wohnte im Schloß Sanssouci, wo man die Sorge nicht einläßt. Tagsüber spielte ich mit meinen Gefährten im Garten, und am Abend führte ich den Tanz im Großen Saal an. Um den Garten lief eine sehr hohe Mauer, aber ich wollte nie wissen, was dahinterlag, denn um mich herum war alles so schön. Meine Höflinge nannten mich den Glücklichen Prinzen, und glücklich war ich ja auch, wenn Annehmlichkeit Glück ist. So lebte ich, und so starb ich. Und jetzt, wo ich tot bin, haben sie mich hier so hoch hinaufgestellt, daß ich die ganze Häßlichkeit und alles Elend meiner Stadt sehen kann, und wenn mein Herz auch aus Blei ist, muß ich doch weinen.«

»Was? Ist er denn nicht ganz aus Gold?« sagte die Schwalbe zu sich selbst. Sie war zu höflich, etwas Persönliches laut zu sagen.

»Weit weg«, fuhr das Standbild mit leiser, melodischer Stimme fort, »weit weg steht an einer kleinen Straße ein armseliges Haus. Ein Fenster ist offen, und dahinter kann ich eine Frau am Tisch sitzen sehen. Ihr Gesicht ist schmal und verhärmt, und sie hat grobe rote Hände voll Nadelstiche, denn sie ist Näherin. Sie stickt Passionsblumen auf ein Satinkleid, das die hübscheste Ehrendame der Königin am nächsten Hofball tragen soll. In einer Zimmerecke liegt ihr kleiner Sohn krank im Bett. Er hat Fieber und möchte Orangen. Seine Mutter kann ihm nur Flußwasser geben, darum weint er. Schwalbe, Schwalbe, kleine Schwalbe, willst du ihr nicht den Rubin aus meinem Schwertknauf bringen? Meine Füße sind an diesem Sockel festgemacht, und ich kann nicht fort.«

»Ich werde in Ägypten erwartet«, sagte die Schwalbe. »Meine Freunde fliegen am Nil auf und ab und reden mit den großen Lotosblumen. Bald werden sie sich im Grabmal des großen Königs schlafen legen. Der König ist selber dort in seinem gemalten Sarg. Er ist in gelbes Leinen gehüllt und einbalsamiert mit Gewürzen. Um seinen Hals liegt eine blaßgrüne Jadekette, und seine Hände sind wie welke Blätter.«

»Schwalbe, Schwalbe, kleine Schwalbe«, sagte der Prinz, »willst du nicht eine Nacht bei mir bleiben und mein Bote sein? Der Junge ist so durstig und die Mutter so traurig.«

»Ich glaube kaum, daß ich Jungen mag«, antwortete die Schwalbe. »Letzten Sommer am Fluß warfen zwei Grobiane, die Söhne des Müllers, ständig mit Steinen nach mir. Ohne mich zu treffen natürlich; dafür fliegen wir Schwalben viel zu gut, und außerdem komme ich aus einer Familie, die für ihre Wendigkeit berühmt ist; aber unverschämt war es trotzdem.«

Doch der Glückliche Prinz blickte so traurig drein, daß der Schwälbling sich erbarmte. »Es ist sehr kalt hier«, sagte er, »doch ich will eine Nacht bei dir bleiben und dein Bote sein.«

»Danke, kleine Schwalbe«, sagte der Prinz. Also pickte der Vogel den großen Rubin aus dem Schwert des Prinzen und flog mit dem Stein im Schnabel über die Dächer der Stadt.

Er kam am Turm des Doms vorbei, wo die Skulpturen der weißen Marmorengel standen. Er kam am Palast vorbei und hörte Tanzmusik. Ein bildschönes Mädchen trat mit ihrem Liebsten auf den Balkon. »Wie wundervoll sind die Sterne«, sagte er zu ihr, »und wie wundervoll ist die Macht der Liebe!«

»Hoffentlich wird mein Kleid auf den Hofball fertig«, sagte sie; »ich habe Passionsblumen darauf sticken lassen; aber die Näherinnen sind so faul.«

Er flog über den Fluß und sah die Laternen an den Schiffsmasten hängen. Er flog über das Ghetto und sah die alten Juden miteinander handeln und Geld in Kupferschalen abwägen. Endlich kam er zu der Hütte und schaute hinein. Der Junge wälzte sich fiebrig auf seinem Bett, und die Mutter war eingeschlafen, so müde war sie. Er hüpfte hinein und legte den großen Rubin auf den Tisch, neben den Fingerhut der Frau. Dann zog er sanfte Kreise um das Bett und fächelte dem Jungen mit seinen Flügeln die Stirn. »Wie kühl mir ist«, sagte der Junge, »es geht mir wohl besser«, und er sank in einen köstlichen Schlaf.

Darauf flog die Schwalbe zum Glücklichen Prinzen zurück und erzählte ihm, was sie getan hatte. »Es ist seltsam«, bemerkte sie, »aber mir ist ganz warm, trotz dieser Kälte.«

»Das ist, weil du etwas Gutes getan hast«, sagte der Prinz. Der Schwälbling begann zu grübeln und schlief ein. Denken machte ihn immer schläfrig.

Als es Tag wurde, flog er zum Fluß hinunter und nahm ein Bad.

»Ein höchst bemerkenswertes Phänomen«, staunte der Professor für Vogelkunde, als er über die Brücke ging. »Eine Schwalbe im Winter!« Und er schrieb einen langen Brief dazu an die Lokalzeitung. Alle zitierten daraus, weil er mit Wörtern gespickt war, die sie nicht verstanden.

»Heute nacht gehe ich nach Ägypten«, sagte der Schwälbling, und diese Aussicht machte ihn froh. Er besuchte alle Denkmäler und saß lange zuoberst auf dem Kirchturm. Wo er auch hinkam, lärmten die Spatzen und sagten zueinander: »Was für ein vornehmer Fremder!«, und so unterhielt er sich bestens.

Als der Mond aufging, flog er zum Glücklichen Prinzen zurück. »Kann ich in Ägypten etwas für dich besorgen?« rief er; »ich breche jetzt auf.«

»Schwalbe, Schwalbe, kleine Schwalbe«, sagte der Prinz, »bleibst du nicht noch eine Nacht bei mir?«

»Ich werde in Ägypten erwartet«, antwortete die Schwalbe. »Morgen fliegen meine Freunde zum zweiten Wasserfall hinauf. Dort lagert das Flußpferd zwischen den Binsen, und auf einem großen Thron aus Granit sitzt der Gott Memnon. Die ganze Nacht sieht er auf zu den Sternen, und wenn der Morgenstern scheint, stößt er einen Freudenschrei aus und verstummt. Am Mittag kommen die gelben Löwen zum Trinken ans Ufer. Sie haben Augen wie grüner Beryll, und ihr Brüllen ist lauter als das Tosen des Wasserfalls.«

»Schwalbe, Schwalbe, kleine Schwalbe«, sagte der Prinz, »weit weg am anderen Ende der Stadt sehe ich einen jungen Mann in einer Dachkammer. Er beugt sich über einen Tisch voller Schriftstücke, und neben ihm steht ein Strauß welker Veilchen in einem Glas. Er hat braunes Kraushaar, seine Lippen sind rot wie Granatäpfel und seine Augen groß und verträumt. Er versucht, ein Schauspiel für den Theaterdirektor zu beenden, aber er friert zu sehr, um weiterzuschreiben. Kein Feuer brennt im Kamin, und der Hunger hat ihn geschwächt.«

»Ich bleibe noch eine Nacht bei dir«, sagte die Schwalbe, die wirklich ein gutes Herz hatte. »Soll ich ihm auch einen Rubin bringen?«

»Ach, ich habe keinen Rubin mehr«, sagte der Prinz, »ich habe nur noch meine Augen. Sie sind aus kostbaren Saphiren gemacht, die vor tausend Jahren aus Indien kamen. Hack einen aus und bring ihn dem Mann. Er wird ihn dem Juwelier verkaufen, Essen und Holz besorgen und sein Stück fertigschreiben.«

»Lieber Prinz«, sagte die Schwalbe, »das kann ich nicht tun«, und sie begann zu weinen.

»Schwalbe, Schwalbe, kleine Schwalbe«, sagte der Prinz, »tu, was ich dich heiße.«

So hackte die Schwalbe das Auge des Prinzen aus und flog damit zur Studentenbude. Es war nicht schwer, hineinzukommen, weil das Dach ein Loch hatte. Der Vogel pfeilte hindurch und gelangte ins Zimmer. Der junge Mann hatte den Kopf in seinen Händen vergraben, darum hörte er das Flügelschwirren nicht, und als er aufschaute, fand er den prachtvollen Saphir auf den welken Veilchen.

»Man beginnt mich zu schätzen«, rief er, »das ist von einem großen Verehrer. Jetzt kann ich mein Stück beenden«, und er sah sehr glücklich aus.

Am anderen Tag flog die Schwalbe zum Hafen hinunter. Sie saß auf dem Mast eines großen Schiffs und sah zu, wie die Matrosen mit Seilen schwere Kisten aus dessen Bauch hievten. »Holt auf!« riefen sie, wenn die Kisten auftauchten.

»Ich geh' nach Ägypten!« rief die Schwalbe, aber niemand gab acht, und als der Mond aufging, flog sie zum Glücklichen Prinzen zurück.

»Ich bin gekommen, um dir Lebewohl zu sagen«, rief sie.

»Schwalbe, Schwalbe, kleine Schwalbe«, sagte der Prinz, »willst du nicht noch eine Nacht bei mir bleiben?«

»Es ist Winter«, antwortete die Schwalbe, »und bald kommt der kühle Schnee. In Ägypten scheint die Sonne warm auf die grünen Palmen, und die Krokodile liegen im Sumpf und blinzeln träge. Meine Gefährten bauen ein Nest im Tempel von Baalbek, und die weißrosa Tauben beobachten sie und gurren einander zu. Lieber Prinz, ich muß dich verlassen, doch ich werde dich nie vergessen, und im nächsten Frühjahr bringe ich dir zwei prachtvolle Juwelen für die Steine, die du verschenkt hast. Der Rubin soll röter sein als eine rote Rose und der Saphir so blau wie das weite Meer.«

»Auf dem Platz unten«, sagte der Glückliche Prinz, »steht ein kleines Streichholzmädchen. Es hat seine Streichhölzer in die Gosse fallen lassen, und sie sind alle verdorben. Sein Vater schlägt es, wenn es ohne Geld heimkommt, und es weint. Es hat keine Schuhe und keine Strümpfe und keine Mütze auf seinem Köpfchen. Hack mir mein zweites Auge aus und gib es ihm, dann schlägt sein Vater es nicht.«

»Ich will noch eine Nacht bei dir bleiben«, sagte die Schwalbe, »aber ich kann dein Auge nicht aushacken. Dann wärst du ja ganz blind.«

»Schwalbe, Schwalbe, kleine Schwalbe«, sagte der Prinz, »tu, was ich dich heiße.«

So hackte sie auch das zweite Auge des Prinzen aus und schoß damit in die Tiefe. Sie pfeilte am Streichholzmädchen vorbei und ließ ihm das Juwel in die offene Hand gleiten. »So ein hübsches Stück Glas«, rief das Mädchen und rannte lachend nach Hause.

Dann kam die Schwalbe zum Prinzen zurück. »Du bist jetzt blind«, sagte sie, »darum werde ich immer bei dir bleiben.«

»Nein, kleine Schwalbe«, sagte der arme Prinz, »du mußt nach Ägypten.«

»Ich werde immer bei dir bleiben«, sagte der Schwälbling und schlief zu Füßen des Prinzen.

Den folgenden Tag saß er auf der Schulter des Prinzen und erzählte ihm, was er in fremden Ländern gesehen hatte. Von den roten Ibissen erzählte er ihm, die in langen Reihen an den Ufern des Nils stehen und mit ihren Schnäbeln Goldfische fangen; von der Sphinx, die so alt ist wie die Welt, in der Wüste lebt und alles weiß; von den Kaufleuten, die langsam neben den Kamelen schreiten und Bernsteinschnüre in ihren Händen tragen; vom König der Mondberge, der schwarz ist wie Ebenholz und einen großen Kristall anbetet; von der großen grünen Schlange, die auf einer Palme schläft und zwanzig Priester hat, die sie mit Honigkuchen füttern; von den Pygmäen auch, die auf flachen Riesenblättern über einen großen See segeln und mit den Schmetterlingen in ständiger Fehde liegen.

»Liebe kleine Schwalbe«, sagte der Prinz, »du erzählst mir Wunderdinge, aber noch verwunderlicher ist, wie die Menschen leiden. Kein Rätsel ist so groß wie das Elend. Flieg über meine Stadt, kleine Schwalbe, und sag mir, was du dort siehst.«

Also flog die Schwalbe über die große Stadt und sah, wie die Reichen sich in ihren schönen Häusern vergnügten, während die Bettler vor den Toren saßen. Sie flog in dunkle Gassen und sah die weißen Gesichter hungernder Kinder teilnahmslos auf die schwarzen Straßen blicken. Unter einem Brückenbogen lagen sich zwei kleine Jungen in den Armen und versuchten, einander ein wenig warm zu geben. »Wir sind so hungrig!« sagten sie. »Hier dürft ihr nicht liegen«, brüllte die Wache, und sie irrten hinaus in den Regen.

Darauf flog die Schwalbe zurück und erzählte dem Prinzen, was sie gesehen hatte.

»Ich bin mit Feingold überzogen«, sagte der Prinz, »du mußt es ablösen, Blatt für Blatt, und es meinen Armen geben; die Lebenden glauben immer, Gold mache glücklich.«

Blatt um Blatt pickte die Schwalbe das Feingold ab, bis der Glückliche Prinz ganz stumpf und grau aussah. Blatt um Blatt brachte sie das Feingold den Armen, bis die Gesichter rosiger wurden und die Kinder lachten und auf der Straße spielten. »Wir haben jetzt Brot!« riefen sie.

Dann kam der Schnee, und nach dem Schnee kam der Frost. Die Straßen wirkten wie aus Silber gemacht, so hell glänzten sie; lange Eiszapfen hingen von den Dachrinnen wie Kristalldolche, alles ging im Pelz, und die kleinen Jungen trugen scharlachrote Mützen und liefen Schlittschuh auf dem Eis.

Der arme Schwälbling fror immer mehr, aber er wollte den Prinzen nicht verlassen, er hatte ihn zu lieb. Er pickte vor der Tür zur Bäckerei Krümel auf, wenn der Bäcker nicht hinsah, und versuchte sich mit Flügelschlagen warmzuhalten.

Doch schließlich wußte er, daß er sterben mußte. Er hatte nur noch die Kraft, ein letztes Mal auf die Schulter des Prinzen zu fliegen. »Leb wohl, lieber Prinz!« murmelte er. »Darf ich deine Hand küssen?«

»Ich bin froh, daß du doch noch nach Ägypten gehst, kleine Schwalbe«, sagte der Prinz, »du bist zu lange hiergeblieben; aber du mußt mich auf die Lippen küssen, denn ich habe dich lieb.«

»Ich gehe nicht nach Ägypten«, sagte der Vogel. »Ich gehe ins Haus des Todes. Der Tod ist des Schlafes Bruder, nicht wahr?«

Und er küßte den Glücklichen Prinzen auf die Lippen und fiel ihm tot zu Füßen.

In diesem Augenblick krachte es seltsam im Innern der Statue, als wäre etwas gebrochen. Tatsächlich war das bleierne Herz mitten entzweigesprungen. Es herrschte wirklich ein grimmiger Frost.

Am anderen Morgen früh ging der Bürgermeister mit den Stadträten unten über den Platz. Als sie an der Säule vorbeikamen, blickte er zur Statue hinauf: »Du meine Güte! Wie schäbig der Glückliche Prinz aussieht!« sagte er.

»Ja, wie schäbig!« riefen die Stadträte, die dem Bürgermeister immer recht gaben, und traten zur Besichtigung näher.

»Der Rubin ist ihm aus dem Schwert gefallen, seine Augen sind weg, und aus Gold ist er auch nicht mehr«, sagte der Bürgermeister; »fehlt nicht viel, und er sieht aus wie ein Bettler!«

»Fehlt nicht viel zu einem Bettler«, echoten die Stadträte.

»Und da liegt auch noch ein toter Vogel zu seinen Füßen!« fuhr der Bürgermeister fort. »Wir brauchen wirklich einen Erlaß, der den Vögeln das Sterben hier untersagt.« Der Stadtschreiber machte sich eine Notiz.

So wurde das Denkmal des Glücklichen Prinzen geschleift. »Er ist nicht mehr schön und darum auch nicht mehr nützlich«, sagte der Kunstprofessor an der Universität.

Darauf schmolz man die Statue in einem Ofen, und der Bürgermeister rief seinen Rat zusammen, um über die Verwendung des Metalls zu befinden. »Natürlich brauchen wir eine neue Statue«, sagte er, »und es soll ein Standbild von mir sein.«

»Von mir sein«, sagte jeder der Stadträte, und sie stritten sich. Soviel ich weiß, streiten sie heute noch. »Wie merkwürdig!« sagte der Vorarbeiter in der Gießerei. »Das gesprungene Bleiherz schmilzt nicht im Ofen. Wir müssen es wegwerfen.« Sie warfen es auf einen Müllhaufen, wo auch die tote Schwalbe lag.

»Bring mir die beiden kostbarsten Dinge in der Stadt«, sagte Gott zu einem seiner Engel; und der Engel brachte ihm das Herz aus Blei und den toten Vogel.

»Du hast richtig gewählt«, sagte Gott, »denn in meinem Paradiesgarten soll dieses Vögelchen ewig singen, und in meiner goldenen Stadt soll der Glückliche Prinz mich lobpreisen.«

Die Nachtigall und die Rose

»Sie sagte, sie wird mit mir tanzen, wenn ich ihr rote Rosen bringe«, rief der junge Student, »aber in meinem ganzen Garten ist keine rote Rose.«

In ihrem Nest in der Steineiche hörte die Nachtigall ihn, und sie sah sinnend durchs Laub hinaus.

»Keine rote Rose in meinem ganzen Garten!« klagte er, und seine schönen Augen füllten sich mit Tränen. »Ach, von welchen Kleinigkeiten das Glück doch abhängt! Ich habe alles gelesen, was die Weisen geschrieben haben, und besitze alle Geheimnisse der Philosophie, und doch stürzt mich eine fehlende rote Rose ins Unglück.«

»Endlich ein wahrhaft Liebender«, sagte die Nachtigall. »Nacht um Nacht habe ich von ihm gesungen, ohne ihn zu kennen; Nacht um Nacht habe ich seine Geschichte den Sternen erzählt, und jetzt sehe ich ihn. Sein Haar ist dunkel wie die Hyazinthenblüte, und seine Lippen sind rot wie die Rose, die er begehrt; doch vor Leidenschaft ist sein Gesicht wie blasses Elfenbein, und die Sorge hat seine Stirn gezeichnet.«

»Der Prinz gibt morgen abend einen Ball«, murmelte der junge Student, »und meine Liebste wird anwesend sein. Wenn ich ihr eine rote Rose bringe, wird sie mit mir tanzen, bis der Tag anbricht. Wenn ich ihr eine rote Rose bringe, werde ich sie in meinen Armen halten, und sie wird ihren Kopf an meine Schulter lehnen und ihre Hand in die meine legen. Aber es gibt keine rote Rose in meinem Garten, darum werde ich dasitzen, und sie wird an mir vorübergehen. Sie wird mich nicht beachten, und es wird mir das Herz brechen.«

»Ja, er ist der wahrhaft Liebende«, sagte die Nachtigall. »Wovon ich singe, das leidet er; was mir Freude ist, das ist ihm Schmerz. Ist nicht die Liebe ein Wunderding? Sie ist kostbarer als Smaragde und edler als schimmernde Opale. Perlen und Granaten können sie nicht kaufen, und auf dem Markt hält man sie nicht feil. Die Kaufleute können sie nicht erwerben, noch ist sie mit Gold aufzuwiegen.«

»Die Musiker werden auf der Empore sitzen«, sagte der junge Student, »und auf ihren Saiteninstrumenten spielen, und meine Liebste wird zu Harfen- und Violinenklang tanzen. So schwerelos wird sie tanzen, daß ihre Füße den Boden nicht berühren, und die

Höflinge in ihren bunten Kleidern werden sich um sie scharen. Aber mit mir wird sie nicht tanzen, denn ich habe keine rote Rose für sie«, und er warf sich ins Gras, vergrub sein Gesicht in den Händen und weinte.

»Warum weint er?« fragte eine kleine grüne Eidechse, als sie mit erhobenem Schwanz an ihm vorbeirannte.

»Ja, warum?« sagte ein Schmetterling, der einem Sonnenstrahl nachgaukelte.

»Ja, warum?« raunte ein Maßliebchen seiner Nachbarin zu.

»Er weint um eine rote Rose«, sagte die Nachtigall.

»Um eine rote Rose!« riefen sie; »wie albern!« Und die kleine Eidechse, die zynisch sein konnte, lachte rundheraus.

Aber die Nachtigall verstand den rätselhaften Schmerz des Studenten, und sie saß stumm auf der Eiche und dachte über das Geheimnis der Liebe nach.

Plötzlich breitete sie ihre braunen Schwingen zum Flug und stieg in die Luft. Sie glitt durch den Hain wie ein Schatten, und wie ein Schatten segelte sie über den Garten.

Mitten auf dem Rasen stand ein prächtiger Rosenstrauch, und als sie ihn sah, flog sie zu ihm hinüber und setzte sich auf einen Zweig.

»Gib mir eine rote Rose!« rief sie, »und ich singe dir mein süßestes Lied.«

Aber der Strauch schüttelte den Kopf.

»Meine Rosen sind weiß«, antwortete er, »so weiß wie Meeresgischt und weißer als der Schnee auf den Bergen. Doch geh zu meinem Bruder, der die alte Sonnenuhr umrankt, und vielleicht wird er dir geben, was du verlangst.«

So flog die Nachtigall zum Rosenstrauch, der die alte Sonnenuhr umrankte.

»Gib mir eine rote Rose«, rief sie, »und ich singe dir mein süßestes Lied.«

Aber der Strauch schüttelte den Kopf.

»Meine Rosen sind gelb«, antwortete er, »so gelb wie das Haar der Meerjungfrau auf ihrem Bernsteinthron und gelber als die Narzisse, die auf der Wiese blüht, bevor der Schnitter mit seiner Sense kommt. Doch geh zu meinem Bruder, der unter dem Fenster des Studenten wächst, und vielleicht wird er dir geben, was du verlangst.«

So flog die Nachtigall zum Rosenstrauch, der unter dem Fenster des Studenten wuchs.

»Gib mir eine rote Rose«, rief sie, »und ich singe dir mein süßestes Lied.«

Aber der Strauch schüttelte den Kopf.

»Meine Rosen sind rot«, antwortete er, »so rot wie Taubenfüße und röter als die großen Korallenfächer, die in der Meeresgrotte wehen und wehen. Aber der Winter hat meine Adern gefroren, der Frost hat meine Knospen versehrt, der Sturm hat meine Äste gebrochen, und ich werde dieses Jahr keine Rosen tragen.«

»Eine rote Rose ist alles, was ich will«, rief die Nachtigall, »eine einzige rote Rose! Gibt es keinen Weg, eine zu erlangen?«

»Es gibt einen Weg«, antwortete der Strauch; »doch er ist so schrecklich, daß ich ihn dir nicht zu sagen wage.«

»Sag ihn mir«, bat die Nachtigall, »ich habe keine Angst.«

»Wenn du eine rote Rose willst«, sagte der Strauch, »mußt du sie aus Musik bei Mondenschein wirken und mit deinem eigenen Herzblut färben. Du mußt für mich singen, mit der Brust gegen einen Dorn. Die ganze Nacht mußt du für mich singen, der Dorn muß dein Herz durchbohren, dein Lebensblut in meine Adern fließen und zu dem meinen werden.«

»Der Tod ist ein hoher Preis für eine rote Rose«, rief die Nachtigall, »und das Leben ist allen sehr teuer. Es tut wohl, im grünen Wald zu sitzen und zur Sonne in ihrem goldenen Wagen aufzuschauen und zum Perlenwagen des Mondes. Süß duftet der Weißdorn, schön sind die Glockenblumen, verborgen im Tal, und das Heidekraut, das auf dem Hügel weht. Aber die Liebe ist besser als das Leben, und was ist ein Vogelherz gegen ein Menschenherz?«

Sie breitete ihre braunen Schwingen zum Flug und stieg in die Luft. Sie glitt über den Garten wie ein Schatten, und wie ein Schatten segelte sie durch den Hain.

Der junge Student lag noch im Gras, wo sie ihn gelassen hatte, und die Tränen waren noch nicht trocken in seinen schönen Augen.

»Sei froh«, rief die Nachtigall, »sei froh; du sollst deine rote Rose haben. Ich will sie aus Musik bei Mondenschein wirken und mit meinem eigenen Herzblut färben. Dafür sollst du nichts tun als ein wahrhaft Liebender sein, denn die Liebe ist weiser als die Philosophie, die doch weise ist, und stärker als die Macht, die doch stark ist. Flammenfarben sind ihre Flügel und von der Farbe der Flamme ihr Leib. Ihre Lippen sind süß wie Honig, und wie Weihrauch duftet ihr Atem.«

Der Student blickte vom Gras auf und hörte zu, aber er konnte nicht verstehen, was die Nachtigall ihm erzählte, denn er wußte nur, was in Büchern geschrieben steht.

Doch die Eiche verstand und war traurig, denn sie mochte die kleine Nachtigall, die ihr Nest in ihren Ästen gebaut hatte, sehr. »Sing mir ein letztes Lied«, flüsterte sie; »ich werde mich sehr allein fühlen, wenn du nicht mehr bist.«

So sang die Nachtigall für die Eiche, und ihre Stimme war wie Wasser, das aus einem Silberkrug perlt.

Als sie ihr Lied zu Ende gesungen hatte, stand der Student auf und zog Notizbuch und Bleistift aus seiner Tasche.

»Sie hat Stil«, sagte er zu sich, als er durch den Hain davonging, »das muß man ihr lassen; aber hat sie auch Gefühl? Wohl kaum. Im Grunde ist sie wie die meisten Künstler: alles Manier, ohne Ehrlichkeit. Sie würde sich nicht für andere opfern. Sie denkt nur an Musik, und es ist wohlbekannt, daß die schönen Künste nur sich selber dienen. Ihre Stimme bringt zwar tatsächlich einige wunderschöne Töne hervor. Wie schade, daß sie nichts aussagen oder einen praktischen Nutzen haben.« Und er ging auf sein Zimmer, legte sich auf seine schmale Pritsche und schlief in Gedanken an seine Liebste nach einer Weile ein.

Als der Mond am Himmel schien, flog die Nachtigall zum Rosenbusch und hielt ihre Brust gegen den Dorn. Die ganze Nacht sang sie mit der Brust gegen den Dorn, und der kalte Kristallmond neigte sich, um zu lauschen. Sie sang die ganze Nacht, und der Dorn drang tiefer und tiefer in ihre Brust, und ihr Lebensblut ebbte von ihr.

Zuerst sang sie vom Keimen der Liebe im Herzen von Junge und Mädchen. Und am obersten Zweig des Rosenbuschs erblühte eine herrliche Rose, Blatt um Blatt, Lied um Lied. Blaß war sie noch, wie Nebel, der über dem Fluß hängt – blaß wie die Spuren des Morgens und silbrig wie die Flügel der Dämmerung. Wie der Schatten einer Rose im Silberspiegel, wie der Schatten einer Rose im Wasserteich, so war die Rose, die am obersten Zweig des Busches erblühte.

Aber der Busch mahnte die Nachtigall, sich enger an den Dorn zu schmiegen. »Enger, kleine Nachtigall«, rief der Busch, »sonst wird es Tag, bevor die Rose vollendet ist.«

So schmiegte die Nachtigall sich enger an den Dorn, und lauter und lauter wurde ihr Lied, denn sie sang vom Keimen der Leidenschaft in der Seele von Mann und Frau.

Und ein zartes Rosa strömte in die Blüten der Rose wie das Erröten des Bräutigams, wenn er die Lippen der Braut küßt. Doch der Dorn hatte ihr Herz noch nicht erreicht, darum blieb das Rosenherz weiß, denn nur das Herzblut einer Nachtigall kann das Herz einer Rose röten.

Und der Busch mahnte die Nachtigall, sich enger an den Dorn zu schmiegen. »Enger, kleine Nachtigall«, rief der Busch, »sonst wird es Tag, bevor die Rose vollendet ist.«

So schmiegte die Nachtigall sich enger an den Dorn, und der Dorn traf ihr Herz, und ein wilder Schmerz durchzuckte sie. Bitter, so bitter war der Schmerz, und wilder und wilder wurde ihr Lied, denn sie sang von der Liebe, die vom Tod vollendet wird und mit dem Grab nicht stirbt.

Und die herrliche Rose wurde karminrot wie die Rose am östlichen Himmel. Karmin war der Blütenkranz und rubinrot das Herz.

Doch die Stimme der Nachtigall wurde schwächer, ihre Flügelchen flatterten, und ein Schleier legte sich über ihre Augen. Schwächer und schwächer wurde ihr Lied, und sie spürte es eng werden in ihrer Kehle.

Ein letztes Mal jubelte sie auf. Der weiße Mond hörte es, vergaß die Dämmerstunde und verweilte am Himmel. Die rote Rose hörte es, erschauerte verzückt und öffnete der kalten Morgenluft ihre Blüten. Echo trug es in ihre purpurne Hügelgrotte und weckte die schlafenden Schäfer aus ihren Träumen. Es schwebte durch die Binsen am Fluß, und sie trugen die Botschaft zum Meer.

»Sieh nur, sieh!« rief der Busch, »die Rose ist vollendet«, aber die Nachtigall antwortete nicht, denn sie lag tot im hohen Gras, den Dorn im Herzen.

Am Mittag öffnete der Student sein Fenster und schaute hinaus.

»Nein, so ein Zufall!« rief er; »da ist eine rote Rose! Eine solche Rose habe ich im Leben nie gesehen. Sie ist so wunderschön, daß sie bestimmt einen langen lateinischen Namen hat«; und er beugte sich vor und pflückte sie.

Dann setzte er sich seinen Hut auf und rannte mit der Rose in der Hand zum Haus des Professors. Die Tochter des Professors saß vor der Tür, wickelte blaue Seide auf eine Spule, und ihr Hündchen lag ihr zu Füßen.

»Du hast gesagt, du willst mit mir tanzen, wenn ich dir eine rote Rose bringe«, rief der Student. »Hier ist die röteste Rose der Welt. Du wirst sie heute nacht an deinem Herzen tragen, und wenn wir tanzen, sage ich dir, wie sehr ich dich liebe.«

Doch das Mädchen zog die Brauen hoch.

»Es tut mir leid, aber sie paßt nicht zu meinem Kleid«, antwortete es. »Außerdem hat mir der Neffe des Kammerherrn echte Juwelen geschickt, und jeder weiß, daß Edelsteine viel mehr kosten als Blumen.«

»Du bist weiß Gott sehr undankbar«, sagte der Student zornig; und er warf die Rose auf die Straße, wo sie in die Gosse fiel und von einem Karrenrad überrollt wurde.

»Undankbar!« rief das Mädchen. »Ich sage dir eins, du bist sehr grob, und wer bist du denn schon? Bloß ein Student. Pah, ich glaube ja nicht, daß du auch nur Silberschnallen an den Schuhen hast wie der Neffe des Kammerherrn«; und es erhob sich von seinem Stuhl und ging ins Haus.

»Liebe ist eine große Torheit«, sagte sich der Student im Weggehen. »Sie ist nicht halb so brauchbar wie Logik, denn sie beweist gar nichts und erzählt ewig von Dingen, die nie geschehen, und spiegelt einem falsche Tatsachen vor. Sie ist wirklich ganz unnütz, und weil heutzutage nichts über den Nutzen geht, wende ich mich wieder der Philosophie zu und studiere die Gründe des Seins.«

So kehrte er auf sein Zimmer zurück, zog ein großes, staubiges Buch hervor und begann zu lesen.

Der egoistische Riese

Jeden Nachmittag auf dem Heimweg von der Schule spielten die Kinder im Garten des Riesen.

Es war ein großer, lieblicher Garten mit weichem grünem Gras. Da und dort standen prächtige Blumen wie Sterne im Gras, und die zwölf Pfirsichbäume erblühten im Frühling zartrosa und perlweiß und trugen im Herbst reichlich Früchte. In den Bäumen saßen die Vögel und sangen so süß, daß die Kinder ihr Spiel unterbrachen, um ihnen zuzuhören. »Wie gut geht es uns hier!« riefen sie einander zu.

Eines Tages kam der Riese zurück. Er hatte seinen Freund, das Ungeheuer von Cornwall, besucht und war sieben Jahre bei ihm geblieben. Als die sieben Jahre um waren, hatte er alles gesagt, was er zu sagen hatte, denn sein Gesprächsvorrat war beschränkt, und er entschied sich, auf sein eigenes Schloß zurückzukehren. Als er ankam, sah er die Kinder im Garten spielen.

»Was tut ihr hier?« rief er mit sehr barscher Stimme, und die Kinder rannten davon.

»Mein eigener Garten gehört nun einmal mir«, sagte der Riese, »das begreift jeder, und ich werde niemandem erlauben, darin zu spielen, außer mir selbst.« So baute er eine hohe Mauer darum und stellte eine Tafel auf:

BETRETEN BEI STRAFE VERBOTEN!

Er war ein sehr egoistischer Riese.

Die armen Kinder konnten jetzt nirgends mehr spielen. Sie versuchten auf der Straße zu spielen, aber die Straße war sehr staubig und voll harter Steine, und es gefiel ihnen nicht. So wanderten sie um die hohe Mauer, wenn die Schule aus war, und sprachen vom herrlichen Garten dahinter.

»Wie glücklich wir dort waren!« sagten sie zueinander.

Dann kam der Frühling, und das ganze Land war voll kleiner Blüten und kleiner Vögel. Nur im Garten des egoistischen Riesen war es noch Winter. Die Vögel mochten nicht darin singen, weil keine Kinder da waren, und die Bäume vergaßen zu blühen. Einmal

hob eine prächtige Blume ihren Kopf aus dem Gras, aber als sie die Tafel sah, tat es ihr so leid für die Kinder, daß sie zur Erde zurücksank und sich schlafen legte. Von der ganzen Gesellschaft waren nur Schnee und Frost zufrieden. »Der Frühling hat diesen Garten vergessen«, riefen sie, »jetzt können wir das ganze Jahr hier leben.« Der Schnee deckte das Gras mit seinem großen weißen Mantel zu, und der Frost malte alle Bäume silbrig an. Dann luden sie den Nordwind zu sich ein, und er kam. Er war in Pelze gehüllt und stürmte den ganzen Tag durch den Garten und blies die Schornsteinkappen fort. »Das ist ein prachtvoller Ort«, sagte er, »wir müssen den Hagel zu Besuch bitten.« Und der Hagel kam. Jeden Tag prasselte er drei Stunden lang auf das Schloßdach, bis der meiste Schiefer zerbrochen war, und dann fegte er, so schnell er konnte, rings um den Garten. Er trug graue Kleider, und sein Hauch war wie Eis.

»Ich versteh' nicht, warum der Frühling so lange auf sich warten läßt«, sagte der egoistische Riese, als er am Fenster saß und auf den kalten weißen Garten hinausblickte; »hoffentlich ändert das Wetter sich bald.«

Aber der Frühling kam nie und der Sommer auch nicht. Der Herbst brachte jedem Garten goldene Früchte, doch für den Garten des Riesen hatte er keine. »Er ist zu egoistisch«, sagte er. So war es dort immer Winter, und der Nordwind, der Hagel, der Schnee und der Frost wirbelten durch die Bäume.

Eines Morgens lag der Riese wach im Bett, als er wundervolle Musik hörte. Er fand sie so schön, daß er meinte, die Musikanten des Königs zögen vorbei. Dabei war es nur ein kleiner Hänfling, der vor seinem Fenster sang, doch er hatte so lange keinen Vogel in seinem Garten singen hören, daß es ihm die schönste Musik der Welt schien. Dann tanzte der Hagel nicht länger über seinem Kopf, der Nordwind stürmte nicht mehr, und ein köstlicher Duft drang zu ihm durchs offene Fenster. »Ich glaube, der Frühling ist doch noch gekommen«, sagte der Riese, und er sprang aus seinem Bett und schaute hinaus.

Und was sah er da?

Er sah ein Wunder. Durch ein kleines Loch in der Mauer waren die Kinder hereingekrochen, und sie saßen im Astwerk der Bäume. Auf jedem Baum, den er sah, saß ein Kind. Und die Bäume waren so froh, die Kinder wiederzuhaben, daß sie sich mit Blüten bedeckt hatten und über den Kinderköpfen sanft ihre Arme regten. Die Vögel flogen herum und zwitscherten froh, und die Blumen schauten auf durch das grüne Gras und lachten. Es war ein liebliches Bild, nur in einer Ecke war es noch Winter. Es war der hinterste Winkel des Gartens, und dort stand ein kleiner Junge. Er war so klein, daß er die Äste nicht erreichen konnte, und er lief um den Baum und weinte bitterlich. Der arme Baum war noch mit Frost und Schnee bedeckt, und darüber brauste der Nordwind. »Klettere hoch, mein

Junge!« sagte der Baum und bog seine Äste, so weit er konnte, herunter; aber der Junge war zu klein.

Und das Herz des Riesen schmolz, als er hinausschaute. »Wie egoistisch bin ich gewesen!« sagte er; »jetzt weiß ich, warum der Frühling nicht hierherkommen wollte. Ich will den armen Kleinen zuoberst auf den Baum heben, und dann werde ich die Mauer niederreißen, und in meinem Garten sollen für immer und ewig die Kinder spielen.« Er bereute wirklich sehr, was er getan hatte.

Er schlich sich nach unten, öffnete ganz sachte die Haustür und ging in den Garten hinaus. Aber als die Kinder ihn sahen, erschraken sie so, daß alle davonrannten und es im Garten wieder Winter wurde. Nur der kleine Junge rannte nicht weg, denn seine Augen waren so voller Tränen, daß er den Riesen nicht kommen sah. Und der Riese stahl sich hinter ihn, nahm ihn sanft in die Hand und hob ihn auf den Baum. Und der Baum fing sofort zu blühen an, die Vögel kamen, darauf zu singen, und der kleine Junge streckte beide Arme aus, schlang sie um den Hals des Riesen und küßte ihn. Als die anderen Kinder sahen, daß der Riese nicht mehr böse war, kamen sie zurückgerannt, und der Frühling kam mit ihnen. »Das ist jetzt euer Garten, Kinderlein«, sagte der Riese, nahm eine große Axt und schlug die Mauer ein. Und als die Leute um zwölf zum Markt gingen, trafen sie den Riesen beim Spiel mit den Kindern im schönsten Garten, den sie je gesehen hatten.

Den ganzen Tag lang spielten sie, und am Abend verabschiedeten sie sich vom Riesen.

»Aber wo ist euer kleiner Gefährte«, fragte er, »der Junge, den ich auf den Baum hob?« Ihn hatte der Riese am liebsten, weil er ihn geküßt hatte.

»Das wissen wir nicht«, antworteten die Kinder; »er ist weggegangen.«

»Ihr müßt ihm sagen, er soll morgen unbedingt wiederkommen«, bat der Riese. Doch die Kinder antworteten, sie wüßten nicht, wo er wohne, und hätten ihn noch nie gesehen, und der Riese war sehr traurig.

Jeden Nachmittag nach der Schule kamen die Kinder und spielten mit dem Riesen. Aber der kleine Junge, den der Riese liebte, erschien niemals mehr. Der Riese war sehr nett zu allen Kindern, doch er sehnte sich nach seinem ersten kleinen Freund und sprach oft von ihm. »Ich würde ihn so gern wiedersehen!« sagte er dann.

Jahre gingen vorbei, und der Riese wurde sehr alt und schwach. Er konnte nicht mehr herumtollen, also saß er in einem mächtigen Lehnstuhl, sah den Kindern beim Spielen zu und bewunderte seinen Garten. »Ich habe viele prächtige Blumen«, sagte er, »aber die prächtigsten Blumen sind die Kinder.«

Eines Wintermorgens sah er beim Ankleiden zum Fenster hinaus. Er haßte den Win-

ter jetzt nicht mehr, denn er wußte, daß der Frühling nur schlief und die Blumen sich ausruhten.

Plötzlich rieb er sich staunend die Augen und schaute und schaute. Das Bild war auch zum Staunen. Im hintersten Winkel des Gartens stand ein Baum in voller weißer Blütenpracht. Seine Äste waren aus purem Gold und mit silbernen Früchten behängt, und darunter stand der kleine Junge, den er liebhatte.

Voll Freude rannte der Riese hinunter und hinaus in den Garten. Er eilte über das Gras und kam zu dem Kind. Und als er ganz nahe bei ihm war, wurde sein Gesicht rot vor Zorn, und er sagte: »Wer hat es gewagt, dich zu verwunden?« Denn auf den Handflächen des Kindes waren die Male zweier Nägel zu sehen, und zwei Nagelmale waren auf den kleinen Füßen.

»Wer hat es gewagt, dich zu verwunden?« empörte sich der Riese; »sag es mir, und ich erschlage ihn mit meinem großen Schwert.«

»Nein!« wehrte das Kind ab; »es sind Liebesmale.«

»Wer bist du?« fragte der Riese; eine seltsame Ehrfurcht kam über ihn, und er kniete vor dem kleinen Kind nieder.

Und das Kind lächelte dem Riesen zu und sagte: »Du hast mich einst in deinem Garten spielen lassen, heute sollst du mit mir in meinen Garten kommen, in das Paradies.«

Und als am Nachmittag die Kinder hereinstürmten, sahen sie den Riesen tot unter dem Baum liegen, ganz mit weißen Blüten bedeckt.

Der ergebene Freund

Eines Morgens streckte der alte Wasserratz den Kopf aus seinem Loch. Er hatte helle Knopfaugen und einen steifen grauen Schnurrbart, und sein Schwanz war wie ein langes schwarzes Stück Gummi. Die Entchen schwammen im Teich und sahen aus wie eine Schar gelber Kanarienvögel, und ihre Mutter, reinweiß mit ganz roten Beinen, versuchte sie den Kopfstand im Wasser zu lehren.

»Ihr werdet nie zur besten Gesellschaft gehören, wenn ihr den Kopfstand nicht könnt«, mahnte sie dauernd und führte ihn gelegentlich vor. Aber die Entchen achteten nicht auf sie. Sie waren so jung, daß sie nicht wußten, wozu es überhaupt gut war, in Gesellschaft zu sein.

»So unfolgsame Kinder!« rief der alte Wasserratz; »geschieht ihnen recht, wenn sie ertrinken.«

»Keineswegs«, antwortete die Ente, »aller Anfang ist schwer, und Eltern können nicht geduldig genug sein.«

»Ach, elterliche Gefühle kenne ich nicht«, sagte der Wasserratz; »ich bin kein Familientier. Ich habe nie geheiratet, und ich will es auch nie. Gegen die Liebe ist ja nichts einzuwenden, aber Freundschaft zählt doch viel mehr. Ich weiß in der Tat nicht, was auf der Welt so edel oder so selten wäre wie eine aufopfernde Freundschaft.«

»Und was, bitte sehr, hältst du für die Pflichten eines ergebenen Freundes?« fragte ein Grünfink, der auf einer benachbarten Weide saß und das Gespräch mit angehört hatte.

»Ja, genau das wüßte ich auch gern«, sagte die Ente, schwamm zum Ende des Teichs und stand kopf, um ihren Kindern ein gutes Beispiel zu geben.

»So eine alberne Frage!« rief der Wasserratz. »Mein ergebener Freund soll mir natürlich ergeben sein.«

»Und was würdest du deinerseits dafür tun?« fragte das Vögelchen, schaukelte auf einem Silberzweig und schlug mit den kleinen Flügeln.

»Ich weiß nicht, was du meinst«, gab der Ratz zur Antwort.

»Ich kann dir dazu eine Geschichte erzählen«, sagte der Fink.

»Handelt sie von mir?« fragte der Wasserratz. »Wenn ja, höre ich zu, denn ich mag Erfundenes sehr.«

»Du kannst sie auf dich beziehen«, antwortete der Fink, flog herab, und als er auf der Böschung gelandet war, erzählte er die Geschichte vom ergebenen Freund.

»Es war einmal«, sagte der Fink, »ein ehrliches Bürschchen namens Hans.«

»War er sehr vornehm?« fragte der Ratz.

»Nein«, erwiderte der Fink, »an ihm war wohl gar nichts vornehm außer sein gütiges Herz und sein lustig rundes, gutmütiges Gesicht. Er lebte ganz allein in seinem Häuschen und arbeitete jeden Tag in seinem Garten. Weit und breit war kein Garten so hübsch wie seiner. Büschelnelken wuchsen dort und Goldlack, Hirtentäschel und Silberknöpfchen. Es gab Damaszenerrosen und gelbe Rosen, Krokus, lila und gold, purpurrote und weiße Veilchen. Akelei und Kuckucksblume, Majoran und Basilikum, Himmelsschlüssel und weiße Lilie, Narzisse und Gartennelke blühten oder erblühten nacheinander im Monatslauf, eine Blume um die andere, so daß es immer etwas Schönes zu sehen und Wohlduftendes zu riechen gab.

Hänschen hatte viele Freunde, doch der treuste war der große Müller Hugh. Ja, so ergeben war der reiche Müller dem kleinen Hans, daß er nie an dessen Garten vorüberging, ohne sich über die Mauer zu beugen und einen großen Blumenstrauß, eine Handvoll aromatischer Kräuter zu pflücken oder sich die Taschen mit Pflaumen und Kirschen vollzustopfen, wenn das Obst reif war.

›Wahre Freunde sollten alles teilen‹, pflegte der Müller zu sagen, und der kleine Hans nickte lächelnd und war sehr stolz, einen Freund mit so noblen Prinzipien zu haben.

Manchmal fanden es die Nachbarn zwar seltsam, daß der reiche Müller Hans nicht auch etwas schenkte, obwohl er hundert Mehlsäcke in seiner Mühle hortete, sechs Milchkühe und eine große Herde Wollschafe besaß. Aber Hans grübelte nie über derlei Dingen, und nichts freute ihn mehr, als das Loblied zu hören, das der Müller auf die Selbstlosigkeit wahrer Freundschaft anstimmte.

So arbeitete Hänschen tüchtig in seinem Garten. Im Frühling, Sommer und Herbst war er sehr froh, doch wenn der Winter kam und er kein Obst und keine Blumen für den Markt hatte, litt er unter Hunger und Kälte und mußte sich oft zu Bett legen, ohne daß er mehr als ein paar Trockenbirnen oder harte Nüsse zu Abend gegessen hatte. Im Winter war er auch sehr einsam, weil der Müller ihn dann nie besuchen kam.

›Es hat keinen Zweck, daß ich Hänschen besuche, solange Schnee liegt‹, sagte der Müller jeweils zu seiner Frau, ›denn wenn die Leute in Not sind, soll man sie in Ruhe lassen und nicht mit Besuchen belästigen. Das verstehe ich wenigstens unter Freundschaft, und ich habe gewiß recht. Darum warte ich, bis es Frühling wird, dann besuche ich ihn, und er kann mir einen großen Korb Primeln geben, das wird ihn beglücken.‹

›Du bist ja so fürsorglich‹, antwortete seine Frau in ihrem bequemen Lehnstuhl neben dem großen Kiefernholzfeuer, ›äußerst fürsorglich. Es tut richtig wohl, dich von Freundschaft reden zu hören. Sicher könnte nicht mal der Pfarrer so schön davon predigen, und dabei lebt er in einem dreistöckigen Haus und trägt einen Goldring am kleinen Finger.‹

›Aber könnten wir Hänschen nicht zu uns bitten?‹ fragte der jüngste Müllerssohn. ›Wenn der Arme in Not ist, teile ich mit ihm meinen Haferbrei und zeige ihm meine weißen Kaninchen.‹

›Was bist du für ein dummer Junge!‹ rief der Müller; ›ich weiß wirklich nicht, warum ich dich zur Schule schicke. Offenbar lernst du da nichts. Der kleine Hans würde doch neidisch, wenn er hierher käme und unser warmes Feuer, das gute Essen und das große Faß Rotwein sähe, und Neid ist eine ganz schreckliche Sache und kann jeden verderben. Aber ich will nicht, daß Hänschens Charakter verdorben wird. Als sein bester Freund will ich immer darüber wachen, daß er nicht in Versuchung gerät. Und wenn Hans käme, könnte er vielleicht Mehl auf Pump von mir wollen, und darauf könnte ich nicht eingehen. Mehl ist die eine Sache, Freundschaft eine ganz andere, und man sollte beides nicht mischen. Man schreibt es ja auch ganz anders, und die Wörter bedeuten völlig verschiedene Dinge. Das ist doch sonnenklar.‹

›Wie gut du sprichst!‹ sagte die Müllerin und schenkte sich ein großes Glas warmes Bier ein; ›ich werde so – wie in der Kirche.‹

›Viele handeln anständig‹, sagte der Müller; ›aber die wenigsten reden anständig, was beweist, daß Reden viel schwieriger ist und viel lobenswerter‹; und dabei funkelte er über den Tisch seinen kleinen Sohn an, der sich so schämte, daß er den Kopf hängen ließ, scharlachrot anlief und Tränen in sein Essen vergoß. Aber du mußt ihm sein zartes Alter nachsehen.«

»Ist denn die Geschichte jetzt fertig?« fragte der Wasserratz.

»Natürlich nicht«, antwortete der Hänfling, »das ist der Anfang.«

»Dann bist du aber sehr altmodisch«, sagte der Ratz. »Heutzutage beginnt jeder gute Erzähler mit dem Schluß, geht dann zum Anfang und hört mit der Mitte auf. So macht man das jetzt. Das habe ich kürzlich alles von einem Kritiker gehört, der mit einem jungen Mann um den Teich spazierte. Er hat sehr ausführlich davon gesprochen, und sicher hatte er recht, denn es war ein Glatzkopf mit blauer Brille, und wenn der junge Mann einmal etwas bemerkte, sagte er immer ›buh!‹. Aber erzähl nur weiter. Der Müller gefällt mir großartig. Ich habe selbst alle möglichen edlen Gefühle, darum ist er mir sehr sympathisch.«

»Nun«, fuhr der Hänfling weiter und hüpfte von einem Bein auf das andere, »sobald also der Winter vorbei war und die Primeln ihre blaßgelben Sterne aufscheinen ließen, sagte der Müller zu seiner Frau, daß er Hänschen besuchen wolle.

›Ach, du hast ein so gutes Herz!‹ rief seine Frau; ›immer denkst du an andere. Und vergiß den großen Korb für die Blumen nicht.‹

Darauf band der Müller die Windmühlenflügel mit einer starken Eisenkette zusammen und ging mit dem Korb am Arm den Hügel hinunter.

›Guten Morgen, Hänschen‹, grüßte der Müller.

›Guten Morgen‹, sagte Hans, auf seinen Spaten gestützt, und strahlte über das ganze Gesicht.

›Und wie ist es dir den Winter über ergangen?‹ fragte der Müller.

›Wahrhaftig‹, rief Hans, ›es ist sehr freundlich von Euch, zu fragen, wirklich sehr freundlich. Leider hatte ich eine recht schwere Zeit, doch jetzt ist es Frühling geworden, und ich bin froh, und all meine Blumen gedeihen.‹

›Wir haben oft von dir gesprochen im Winter, Hans‹, sagte der Müller, ›und uns gefragt, wie es dir wohl geht.‹

›Wie freundlich von Euch‹, sagte Hans, ›ich hatte schon etwas Angst, Ihr hättet mich vergessen.‹

›Da muß ich mich aber wundern, Hans‹, sagte der Müller, ›Freundschaft vergißt nie. Das ist das Einmalige daran, doch du hast leider keinen Sinn für die Poesie des Lebens. Sehr hübsche Primeln hast du da!‹

›Sie sind wirklich sehr hübsch‹, sagte Hans, ›und ich bin ein Glückspilz, daß ich so viele habe. Ich bringe sie nämlich zum Markt, verkauf' sie der Tochter des Bürgermeisters und kaufe mit dem Geld meinen Schubkarren zurück.‹

›Du kaufst deinen Schubkarren zurück? Du willst doch nicht sagen, daß du ihn verkauft hast? So eine Riesendummheit!‹

›Leider konnte ich nicht anders‹, sagte Hans. ›Es war wirklich ein sehr schlechter Winter für mich, müßt Ihr verstehen, und ich hatte kein bißchen Geld für Brot. Darum hab' ich erst die Silberknöpfe an meinem Sonntagsmantel verkauft und dann meine Silberkette und meine große Pfeife und zuletzt meinen Schubkarren. Aber das kauf' ich jetzt alles wieder zurück.‹

›Hans‹, sagte der Müller, ›ich schenke dir meinen Schubkarren. Er ist nicht sehr gut in Stand, es fehlt sogar eine Seite, und etwas stimmt mit den Speichen nicht; aber ich geb' ihn dir trotzdem. Ich weiß, das ist sehr großzügig von mir, und die meisten würden mich für einen schrecklichen Dummkopf halten, weil ich ihn weggebe, doch ich bin nicht wie alle andern. Für mich ist Großmut das Wesen der Freundschaft, und außerdem habe ich einen neuen Schubkarren. Ja, du kannst ruhig sein, ich schenke dir meinen Schubkarren.‹

›Das ist so großzügig von Euch‹, sagte Hänschen, und sein komisches rundes Gesicht glühte vor Vergnügen. ›Ich kann ihn leicht instand setzen, denn ich hab' eine Holzlatte im Haus.‹

›Eine Holzlatte!‹ rief der Müller; ›na, genau so etwas brauche ich für mein Scheunendach. Es hat ein sehr großes Loch, und das Korn wird naß, wenn ich es nicht stopfe. Wie gut, daß dir das eingefallen ist! Es ist erstaunlich, wie aus einer guten Tat immer gleich schon die nächste wächst. Ich habe dir meinen Schubkarren geschenkt, und jetzt schenkst du mir deine Dachlatte. Natürlich ist der Karren viel mehr wert als die Latte, aber auf so etwas achtet wahre Freundschaft nie. Bitte hol sie doch gleich, und ich mach' mich noch heute in meiner Scheune an die Arbeit.‹

›Selbstverständlich‹, rief Hänschen, rannte zum Schuppen und zog die Latte hervor.

›Sehr groß ist sie nicht‹, sagte der Müller, als er sie sah, ›und leider wird für den Schubkarren nichts übrigbleiben, wenn ich mein Scheunendach damit repariert habe; aber dafür kann ich natürlich nichts. Und nachdem ich dir jetzt meinen Schubkarren geschenkt habe, gibst du mir sicher gern ein paar Blumen dafür. Hier ist der Korb, mach ihn bitte ganz voll.‹

›Ganz voll?‹ sagte Hänschen ziemlich trübsinnig, denn es war wirklich ein sehr großer Korb; er wußte, daß keine Blumen für den Markt übrigbleiben würden, wenn er voll war, und er wollte seine Silberknöpfe doch so gerne zurück.

›Ich muß sagen‹, antwortete der Müller, ›nachdem ich dir meinen Schubkarren geschenkt habe, finde ich ein paar Blumen dafür nicht zuviel verlangt. Ich mag mich täuschen, aber ich denke doch, daß Freundschaft, wahre Freundschaft, völlig selbstlos sein sollte.‹

›Lieber Freund, bester Freund‹, rief Hänschen, ›Ihr sollt alle Blumen in meinem Garten haben. Eure Wertschätzung ist mir jederzeit viel lieber als meine Silberknöpfe‹; und er ging eilig all seine hübschen Primeln pflücken und füllte damit den Korb.

›Lebe wohl, Hänschen‹, sagte der Müller, als er mit der Latte auf der Schulter und dem großen Korb in der Hand den Hügel hinaufstieg.

›Lebt wohl‹, sagte Hänschen und grub munter drauflos, so freute er sich über den Schubkarren.

Am folgenden Tag band er eben Geißblatt über der Tür auf, als er den Müller auf der

Straße nach ihm rufen hörte. Er sprang von der Leiter, eilte durch den Garten und blickte über die Mauer.

Da stand der Müller mit einem großen Mehlsack auf dem Rücken.

›Liebes Hänschen‹, sagte der Müller, ›wär' es dir recht, mir diesen Mehlsack zum Markt zu tragen?‹

›Ach, es tut mir so leid‹, sagte Hans, ›aber heute hab' ich wirklich sehr viel zu tun. Ich muß all meine Kletterpflanzen aufbinden und all meine Blumen gießen und das Gras mähen.‹

›Ich muß sagen‹, bemerkte der Müller, ›ich finde dieses Nein recht unfreundlich, wenn ich dir schon meinen Schubkarren schenken will.‹

›Sag das nicht‹, rief Hänschen, ›um nichts in der Welt möchte ich unfreundlich sein‹; und er rannte ins Haus nach seiner Mütze und wankte mit dem schweren Sack auf den Schultern davon.

Es war ein sehr heißer Tag, und die Straße war schrecklich staubig, und bevor Hans den sechsten Meilenstein erreicht hatte, war er so müde, daß er sich hinsetzen und ausruhen mußte. Doch er ging tapfer weiter und kam schließlich zum Markt. Nach einigem Warten verkaufte er den Sack zu einem sehr guten Preis und kehrte gleich heim, denn er hatte Angst vor einer Begegnung mit Räubern, wenn er zu spät dran wäre.

›Das war ein harter Tag‹, sagte sich Hänschen beim Schlafengehen, ›doch ich bin froh, daß ich dem Müller nicht absagte, denn er ist mein bester Freund, und außerdem schenkt er mir seinen Schubkarren.‹

Am nächsten Morgen früh kam der Müller das Geld für seinen Sack Mehl holen, aber Hänschen war so müde, daß er noch im Bett lag.

›Du bist weiß Gott schrecklich faul‹, sagte der Müller. ›Ich muß schon sagen, du könntest mehr arbeiten, wenn ich dir meinen Schubkarren schenken will. Müßiggang ist eine große Sünde, und ich schätze es keineswegs, daß ein Freund von mir faul oder bequem ist. Entschuldige dieses offene Wort. Es fiele mir nicht im Traum ein, wenn ich nicht dein Freund wäre. Aber was ist eine Freundschaft wert, wenn man nicht sagen kann, was man denkt? Nettigkeiten sagen kann jeder und möglichst gefallen und schmeicheln, doch ein wahrer Freund sagt immer das Unangenehme und scheut sich nicht, weh zu tun. Ja, ein wahrer Freund zieht das sogar vor, weil er weiß, daß er damit Gutes tut.‹

›Es tut mir sehr leid‹, sagte Hänschen, rieb sich die Augen und zog die Nachtmütze vom Kopf, ›aber ich war so müde, daß ich noch ein wenig im Bett liegen und den Vögeln zuhören wollte. Hab' ich Euch schon erzählt, daß ich immer besser arbeite, nachdem ich den Vögeln zugehört habe?‹

›Das höre ich gern‹, sagte der Müller und gab Hans einen Klaps auf den Rücken, ›denn du sollst mit mir zur Mühle kommen, sobald du angezogen bist, und mein Scheunendach ausbessern.‹

Der arme Hans hätte sehr gerne in seinem Garten gearbeitet, denn seine Blumen hatten zwei Tage lang kein Wasser bekommen, aber er mochte dem Müller nichts abschlagen, weil er doch ein so guter Freund war.

›Und es wäre wirklich unrecht von mir, zu sagen, ich hätte zu tun?‹ fragte er mit scheuer, ängstlicher Stimme.

›Ich muß schon sagen‹, antwortete der Müller, ›ich finde es nicht zuviel verlangt, wenn ich dir doch meinen Schubkarren schenke; aber wenn du nicht willst, geh' ich und mach' es selbst.‹

›Kommt nicht in Frage!‹ rief Hänschen, sprang aus dem Bett und zog sich an; dann ging er zur Scheune.

Dort arbeitete er den ganzen Tag, bis die Sonne unterging, und am Abend kam der Müller sein Werk begutachten.

›Hast du das Loch im Dach repariert, Hänschen?‹ rief der Müller munter.

›Es ist geflickt‹, antwortete Hänschen und stieg die Leiter hinunter.

›Ach!‹ sagte der Müller, ›es gibt nichts Schöneres als die Arbeit, die man für andere tut.‹

›Es ist gewiß eine große Ehre, Euch zuzuhören‹, antwortete Hänschen, setzte sich und wischte sich die Stirn, ›eine unerhörte Ehre. Aber leider werde ich nie so schöne Gedanken haben wie Ihr.‹

›Oh, das wird schon noch‹, sagte der Müller, ›doch du mußt dir mehr Mühe geben. Vorläufig beherrschst du erst die Praxis der Freundschaft, eines Tages kennst du auch die Theorie.‹

›Glaubt Ihr das wirklich?‹ fragte Hänschen.

›Zweifellos‹, antwortete der Müller, ›aber jetzt, wo du das Dach repariert hast, gehst du besser nach Hause und ruhst dich aus, denn morgen sollst du meine Schafe auf den Berg treiben.‹

Der arme Hans scheute sich, etwas dazu zu sagen, und am anderen Morgen früh brachte der Müller seine Schafe, und Hans machte sich mit ihnen zum Berg auf. Er brauchte den ganzen Tag für den Hin- und den Rückweg, und als er heimkam, war er so müde, daß er auf seinem Stuhl einschlief und erst am hellen Tag wieder erwachte.

›Wie schön werde ich es in meinem Garten haben‹, sagte er und machte sich gleich an die Arbeit. Aber irgendwie gelang es ihm nie, nach seinen Blumen zu sehen, denn sein

Freund, der Müller, kam ständig und schickte ihn auf lange Botengänge oder beanspruchte seine Hilfe in der Mühle. Hans war manchmal sehr bekümmert, denn er befürchtete, seine Blumen könnten sich vernachlässigt fühlen; doch dann tröstete er sich mit dem Gedanken, daß der Müller sein bester Freund sei. ›Außerdem‹, sagte er, ›schenkt er mir seinen Schubkarren, und dies aus reiner Großzügigkeit.‹

So rackerte Hänschen sich für den Müller ab, und der Müller sagte die schönsten Dinge über die Freundschaft, die Hans in einem Notizbuch aufschrieb und abends durchlas, denn er war sehr lerneifrig.

Dann klopfte es eines Abends, als Hans am Kamin saß, laut an der Tür. Es war eine sehr unruhige Nacht, und der Wind fegte und tobte so schrecklich ums Haus, daß er zunächst dachte, es sei bloß der Sturm. Aber dann klopfte es erneut und darauf ein drittes Mal, noch lauter.

›Es wird ein armer Wanderer sein‹, sagte sich Hänschen und rannte zur Tür.

Da stand der Müller mit einer Laterne in der einen und einem großen Stock in der anderen Hand.

›Liebes Hänschen‹, rief der Müller, ›ich bin in großer Not. Mein kleiner Sohn ist von der Leiter gefallen und hat sich verletzt, und jetzt geh' ich zum Arzt. Doch er wohnt so weit weg, und die Nacht ist so rauh, daß ich eben auf den Gedanken kam, es wäre viel besser, du würdest gehen. Du weißt, daß ich dir meinen Schubkarren schenken will, und darum kannst du auch etwas für mich tun.‹

›Bestimmt‹, rief Hänschen, ›es ehrt mich sehr, daß Ihr zu mir kommt, und ich mach' mich gleich auf den Weg. Aber Ihr müßt mir Eure Laterne leihen; in dieser dunklen Nacht habe ich Angst, ich könnte in den Graben fallen.‹

›Tut mir sehr leid‹, antwortete der Müller, ›doch das ist meine neue Laterne, und es wäre ein großes Unglück, wenn sie Schaden nehmen sollte.‹

›Keine Sorge, dann will ich ohne auskommen‹, rief Hänschen, und er nahm seinen schweren Fellmantel vom Haken und seine warme scharlachrote Mütze, band sich einen Schal um den Hals und ging.

Es herrschte ein schrecklicher Sturm! Die Nacht war so schwarz, daß Hänschen kaum sehen, und der Wind so heftig, daß er kaum standhalten konnte. Aber er war sehr tapfer, und als er etwa drei Stunden gegangen war, kam er zum Arzthaus und klopfte an die Tür.

›Wer ist da?‹ rief der Doktor und streckte den Kopf aus seinem Schlafzimmerfenster.

›Hänschen, Herr Doktor.‹

›Was willst du denn, Hänschen?‹

›Der Müllerssohn ist von der Leiter gefallen und hat sich verletzt, und der Müller möchte, daß Ihr gleich kommt.‹

›In Ordnung!‹ sagte der Doktor und verlangte nach seinem Pferd, seinen Reitstiefeln und seiner Laterne; dann kam er herunter und ritt zur Mühle davon, Hänschen mühte sich hinterher.

Aber der Sturm wurde schlimmer und schlimmer, der Regen fiel in Sturzbächen herab, und Hänschen sah nicht, wohin er trat, noch konnte er mit dem Pferd Schritt halten. Schließlich verirrte er sich aufs Moor, das war ein gefährlicher Ort voll tiefer Löcher, und das arme Hänschen ertrank. Ziegenhirten sahen seine Leiche am nächsten Tag in einem großen Wasserloch treiben und brachten sie nach Hause.

Alle gingen an Hänschens Beerdigung, weil er so beliebt war, und der Müller war der Hauptleidtragende.

›Als seinem besten Freund‹, sagte der Müller, ›steht mir wohl der beste Platz zu‹; und so ging er im langen schwarzen Mantel an der Spitze des Trauerzugs und wischte sich ab und zu mit einem großen Taschentuch die Augen.

›Hänschens Tod ist gewiß für jeden von uns ein großer Verlust‹, sagte der Schmied nach dem Begräbnis, als sie alle gemütlich im Gasthof saßen, Gewürzwein tranken und Süßgebäck aßen.

›Für mich ist es sicher ein großer Verlust‹, gab der Müller zur Antwort, ›ich hatte ihm meinen Schubkarren schon so gut wie geschenkt, und jetzt weiß ich nicht, wohin damit. Er ist mir zu Hause sehr im Weg, und er ist so schadhaft, daß ich ihn nicht verkaufen kann. Es wird mir eine Lehre sein, nichts mehr wegzugeben. Großmut wird bloß bestraft.‹«

»Und?« fragte der Wasserratz nach einer langen Pause.

»Na, das ist das Ende«, sagte der Grünfink.

»Aber was ist aus dem Müller geworden?« fragte der Ratz.

»Ach, das weiß ich nicht«, antwortete der Fink, »und es ist mir auch ganz egal.«

»Dann hast du aber gar kein Mitgefühl«, sagte der Wasserratz.

»Ich fürchte, du begreifst die Moral der Geschichte nicht ganz«, bemerkte der Fink.

»Die was?« schrie der Wasserratz.

»Die Moral.«

»Ja, willst du denn sagen, diese Geschichte hat eine Moral?«

»Aber sicher«, meinte der Fink.

»Ich muß schon sagen«, empörte sich der Ratz, »davor hättest du mich gleich warnen können. Dann hätte ich dir nämlich nicht zugehört; ja, ich hätte gebuht wie der Kritiker.

Doch das kann ich ja nachholen«; und der Ratz schrie »buh!«, so laut er konnte, peitschte mit dem Schwanz und verschwand in seinem Loch.

»Und wie gefällt dir Herr Wasserratte?« fragte die Ente, die ein paar Minuten später zum Finken gepaddelt kam. »Er hat viele gute Seiten, aber ich fühle als Mutter und kann keinen eingefleischten Junggesellen sehen, ohne daß mir die Tränen kommen.«

»Ich fürchte, ich habe den Herrn verärgert«, antwortete der Fink. »Ich habe ihm nämlich eine Geschichte mit einer Moral erzählt.«

»Ach, das ist immer eine sehr gefährliche Sache«, sagte die Ente.

Und ich bin ganz ihrer Meinung.

Die respektable Rakete

Der Königssohn wollte heiraten, und allüberall herrschte Freude. Er hatte ein ganzes Jahr auf seine Braut gewartet, und endlich war sie gekommen. Sie war eine russische Prinzessin und von Finnland den ganzen Weg in einem von sechs Rentieren gezogenen Schlitten gefahren. Der Schlitten sah aus wie ein großer goldener Schwan, und zwischen den Schwanenflügeln lag die kleine Prinzessin. Ihr langer Hermelinmantel reichte ihr bis zu den Füßen, auf ihrem Kopf saß ein Mützchen aus Silbergewebe, und sie war so blaß wie der Schneepalast, wo sie gelebt hatte. So blaß war sie, daß alles Volk staunte, als sie durch die Straßen fuhr. »Sie ist wie eine weiße Rose!« riefen sie und warfen von den Balkonen Blumen auf sie.

Beim Schloßtor stand der Prinz zu ihrem Empfang bereit. Er hatte verträumte Veilchenaugen, und sein Haar war wie Feingold. Als er sie sah, sank er auf ein Knie und küßte ihre Hand. »Dein Bild war wunderschön«, murmelte er, »aber du bist schöner noch als dein Bild.« Die kleine Prinzessin errötete.

»Aus Rosenweiß ist Rosenrot geworden«, sagte ein junger Page zu seinem Nachbarn, und der ganze Hofstaat war entzückt.

Drei Tage lang machte darauf das Wort von Rosenweiß und Rosenrot die Runde, und der König hieß den Lohn des Pagen verdoppeln. Da er gar keinen Lohn empfing, nützte ihm das nicht viel, aber man sah darin eine große Ehre und vermerkte es pflichtschuldig im Hofblatt.

Als die drei Tage um waren, wurde Hochzeit gefeiert. Es war eine grandiose Feier, und Braut und Bräutigam gingen Hand in Hand unter einem Baldachin aus Purpursamt, der mit kleinen Perlen bestickt war. Dann folgte ein Staatsbankett, das fünf Stunden dauerte. Prinz und Prinzessin saßen zuoberst im Thronsaal am Tisch und tranken aus einem Kelch von klarem Kristall. Nur wahrhaft Liebende konnten aus diesem Kelch trinken, denn wenn ihn falsche Lippen berührten, wurde er grau, stumpf und trüb.

»Es ist ganz klar, daß sie einander lieben«, sagte der kleine Page, »kristallklar!«, und der König verdoppelte seinen Lohn noch einmal.

»Welche Ehre!« riefen alle Höflinge.

Auf das Bankett sollte ein Ball folgen. Braut und Bräutigam würden den Rosentanz tanzen, und der König hatte versprochen, Flöte zu spielen. Er spielte sehr schlecht, doch das hatte ihm nie jemand zu sagen gewagt, weil er König war. Eigentlich konnte er nur zwei Melodien und wußte nie recht, welche er spielte, aber das machte nichts, denn was er auch tat, jeder rief: »Zauberhaft! Zauberhaft!«

Zum Abschluß stand ein großes Feuerwerk, das um Punkt Mitternacht aufsteigen sollte, auf dem Programm. Die kleine Prinzessin hatte noch nie im Leben ein Feuerwerk gesehen, darum bot der König seinen Königlichen Feuerwerker zu ihrem Hochzeitstag auf.

»Was ist ein Feuerwerk?« hatte sie eines Morgens beim Spaziergang auf der Terrasse den Prinzen gefragt.

»Es ist wie das Nordlicht«, sagte der König, der immer die Fragen beantwortete, die man anderen stellte, »nur viel natürlicher. Ich persönlich mag es lieber als Sterne, denn man kann sich auf sein Erscheinen verlassen, und es ist so wunderbar wie mein Flötenspiel. Das dürft Ihr Euch nicht entgehen lassen.«

So war zuhinterst im königlichen Garten ein großes Gerüst aufgestellt worden, und sobald der Königliche Pyrotechniker alles am richtigen Ort aufgestellt hatte, begannen die Feuerwerkskörper miteinander zu reden.

»Die Welt ist wirklich ganz wundervoll«, rief ein kleiner Schwärmer. »Seht euch bloß diese gelben Tulpen an. Und wären sie richtige Kracher, könnten sie wahrhaftig nicht schöner sein. Ich bin sehr froh, daß ich hergekommen bin. Reisen erweitert den Horizont ungemein und nimmt alle Vorurteile.«

»Der königliche Garten ist nicht die Welt, du dummer Frosch«, sagte eine große römische Kerze; »die Welt ist riesengroß, und du hättest drei Tage, um sie gründlich anzuschauen.«

»Jeder Ort, den man liebt, bedeutet einem die Welt«, rief ein tiefsinniges Feuerrad. Es hatte in seiner Jugend an einer alten Holzkiste gehangen und bildete sich etwas auf sein gebrochenes Herz ein. »Aber Liebe ist nicht mehr in Mode, die Dichter haben sie umgebracht. Sie haben so viel davon geschrieben, daß ihnen niemand mehr glaubt, und das wundert mich nicht. Wahre Liebe leidet stumm. Ich weiß selbst noch als … aber das spielt jetzt keine Rolle. Es gibt keine mehr.«

»Unsinn!« sagte die römische Kerze. »Die Romantik stirbt nie. Wie der Mond lebt sie ewig. Unser Brautpaar zum Beispiel ist sehr verliebt. Ich habe heute morgen alles über die beiden von einer Packpapierpatrone erfahren, die zufällig mit mir in derselben Schublade lag und den neuesten Hofklatsch wußte.«

Aber das Feuerrad schüttelte den Kopf. »Die Romantik ist tot, die Romantik ist tot, ganz tot«, murmelte es. Es gehörte eben zu der Spezies, die glaubt, wenn man dasselbe wieder und wieder sagt, werde es am Ende wahr.

Plötzlich hörte man ein kurzes, trockenes Husten, und alle schauten sich um.

Es kam von einer großen, hochmütig blickenden Rakete, die an das Ende eines langen Steckens gebunden war. Sie hustete immer, bevor sie etwas sagte, um Aufmerksamkeit zu erregen.

»Hm, hm!« hüstelte sie, und alle hörten zu, bis auf das arme Feuerrad, das immer noch den Kopf schüttelte und »die Romantik ist tot« murmelte.

»Zur Ordnung!« rief ein Kracher. Er war Politiker und hatte stets eine bedeutende Rolle in den Lokalwahlen gespielt, darum kannte er die Parlamentssprache.

»Mausetot«, flüsterte das Feuerrad und schlief ein.

Sobald alles ganz still war, hustete die Rakete zum drittenmal und hob an. Sie sprach sehr langsam und deutlich, als ob sie ihre Memoiren diktierte, und blickte ihrem Gegenüber immer über die Schulter. Sie benahm sich wirklich sehr vornehm.

»Welcher Glücksfall für den Königssohn«, bemerkte sie, »daß er am selben Tag heiratet, an dem ich zum Himmel steige. Mit aller Planung hätte er es nicht besser treffen können. Aber Prinzen haben eben stets Glück.«

»Meine Güte!« sagte der kleine Schwärmer, »ich dachte, es sei genau umgekehrt, und wir sollten zu Ehren des Prinzen losgehen.«

»Du vielleicht«, antwortete die Rakete, »sogar ganz sicher, aber bei mir ist das anders. Ich bin eine sehr respektable Rakete und komme aus einem respektablen Elternhaus. Meine Mutter war die gefeiertste Radkünstlerin ihrer Zeit und für ihren anmutigen Tanz berühmt. Bei ihrem großen öffentlichen Auftritt wirbelte sie neunzehnmal herum, bevor es zu Ende war, und jedesmal warf sie sieben rosa Sterne in die Luft. Sie war dreieinhalb Fuß breit und aus bestem Schießpulver. Mein Vater war wie ich eine Rakete und französischer Herkunft. Er flog so hoch, daß die Leute Angst hatten, er käme nie mehr herunter. Doch das tat er wohl in seiner Großmut und zeigte einen strahlenden Abgang in funkelndem Goldregen. Man schmeichelte ihm sehr in der Presse. Das Hofblatt nannte ihn gar einen Triumph der Pylotechnik.«

»Pyrotechnik, der Pyrotechnik, meinst du«, sagte eine Bengalfackel; »ich weiß, es heißt Pyrotechnik, denn das habe ich auf meiner Blechdose gelesen.«

»Pylotechnik, hab' ich gesagt«, gab die Rakete streng zurück, und die Bengalfackel war so gereizt, daß sie gleich die kleinen Kracher zu tyrannisieren begann, um zu zeigen, daß sie auch jemand war.

»Ich sagte«, fuhr die Rakete fort, »ich sagte ... Was hab' ich gesagt?«

»Du hast von dir selber geredet«, antwortete die römische Kerze.

»Natürlich; ich war eben dabei, ein fesselndes Thema zu erörtern, als man mich so grob unterbrach. Ich hasse Grobheit und schlechte Manieren überhaupt, denn ich bin sehr sensibel. Niemand auf der ganzen Welt ist so sensibel wie ich, da bin ich sicher.«

»Was ist das, eine sensible Person?« fragte der Kracher die römische Kerze.

»Jemand, der selber Hühneraugen hat und darum immer den anderen auf die Zehen tritt«, zischte die römische Kerze, und der Kracher platzte beinahe vor Lachen.

»Worüber lachst du, bitte sehr?« fragte die Rakete; »ich lache nicht.«

»Ich lache, weil ich glücklich bin«, antwortete der Kracher.

»Das ist ein sehr egoistischer Grund«, ärgerte sich die Rakete. »Welches Recht hast du, glücklich zu sein? Du solltest an andere denken. Ja, an mich solltest du denken. Ich denke immer an mich und erwarte das auch von allen andern. Mitgefühl heißt das, eine Tugend, die ich in hohem Maße besitze. Stellt euch bloß einmal die allgemeine Katastrophe vor, wenn mir heute nacht etwas zustoßen sollte! Prinz und Prinzessin wären niemals mehr glücklich; ihr ganzes Eheleben wäre verdorben; und daß der König nie darüber hinwegkäme, weiß ich. Ich muß sagen, wenn ich die Wichtigkeit meiner Position bedenke, werde ich fast zu Tränen gerührt.«

»Du bleibst lieber trocken, wenn du andere erfreuen willst«, rief die römische Kerze.

»Selbstverständlich«, bestätigte die Bengalfackel, wieder munter, »das leuchtet jedem ein.«

»Leuchtet jedem ein!« wiederholte die Rakete empört; »ich bin nicht jeder, vergiß das nicht, sondern eine sehr respektable Rakete. Den Phantasielosen kann alles einleuchten. Aber ich habe Phantasie, denn ich denk' mir die Dinge nie so, wie sie wirklich sind; für mich sind sie immer ganz anders. Und was das Trockenhalten betrifft, so kann ich nur sagen, daß offenbar keiner der Anwesenden eine gefühlvolle Natur zu schätzen weiß. Zum Glück macht mir das nichts aus. Der einzige Lebensantrieb ist doch das Bewußtsein der unendlichen Unterlegenheit aller anderen, und dieses Gefühl habe ich immer genährt. Aber von euch hat ja keiner Herzenswärme. Ihr lacht und scherzt, als hätten Prinz und Prinzessin nicht eben geheiratet.«

»Ich muß schon sagen«, wagte ein kleiner Feuerballon zu bemerken, »warum denn nicht? Es ist doch ein sehr fröhlicher Anlaß, und wenn ich hinaufzische, will ich den Sternen davon erzählen. Ihr werdet sie funkeln sehen, wenn ich ihnen sage, wie hübsch die Braut ist.«

»Eine gar harmlose Vorstellung vom Leben!« schimpfte die Rakete; »doch ich habe es nicht anders erwartet. An dir ist nichts dran; du bist hohl und leer. Dabei ziehen Prinz und Prinzessin vielleicht in ein Land, wo es einen tiefen Fluß gibt; und dann haben sie vielleicht einen einzigen Sohn, einen kleinen blonden Jungen mit Veilchenaugen wie der Prinz, und der geht eines Tages vielleicht mit seinem Kindermädchen spazieren, und das schläft unter einer großen Ulme ein, und dann fällt der Kleine vielleicht in den tiefen Fluß und ertrinkt. So ein schreckliches Unglück! Da verlieren die armen Leute ihren einzigen Sohn! Es ist wirklich zu gräßlich! Ich werde nie darüber hinwegkommen.«

»Aber sie haben doch gar nicht ihren einzigen Sohn verloren«, entgegnete die römische Kerze, »es ist ihnen überhaupt nichts Schlimmes passiert.«

»Hab' ich ja auch nicht gesagt«, antwortete die Rakete. »Ich sagte ›vielleicht‹. Hätten sie ihren einzigen Sohn wirklich verloren, wäre alles Reden zwecklos. Ich hasse Leute, die beklagen, was doch nicht zu ändern ist. Aber wenn ich mir vorstelle, sie könnten ihren einzigen Sohn verlieren, möchte ich es wirklich gern vereiteln.«

»Eitel genug bist du ja!« rief die Bengalfackel. »Du bist wirklich die eitelste Person, die mir je begegnet ist.«

»Und du bist die gröbste Person, die ich je getroffen habe«, sagte die Rakete, »und kannst meine Gefühle für den Prinzen gar nicht verstehen.«

»Du kennst ihn doch überhaupt nicht«, knurrte die römische Kerze.

»Das habe ich auch nicht gesagt«, antwortete die Rakete. »Ich behaupte sogar, wenn ich ihn kennen würde, wäre ich keineswegs sein Freund. Es ist sehr gefährlich, seine Freunde zu kennen.«

»Du solltest dich lieber trocken halten«, sagte der Luftballon. »Darauf kommt es an.«

»Für dich ganz bestimmt«, antwortete die Rakete, »aber ich weine, wenn ich will«; und sie brach tatsächlich in echte Tränen aus, die wie Regentropfen an ihrem Stecken herunterliefen und fast zwei kleine Käfer ertränkten, die einen gemeinsamen Haushalt gründen wollten und sich ein nettes, trockenes Plätzchen suchten.

»Sie muß ein wahrhaft romantisches Gemüt haben«, sagte das Feuerrad, »denn sie weint, wenn es gar nichts zu weinen gibt«, und das Feuerrad seufzte tief und dachte an die Holzkiste.

Aber die römische Kerze und die Bengalfackel waren empört und schrien in einem fort »Humbug! Humbug!«, so laut sie konnten. Sie waren sehr prosaisch, und was immer ihnen nicht paßte, nannten sie Humbug.

Dann ging wie ein prächtiger Silberschild der Mond auf, die Sterne funkelten, und aus dem Palast ertönte Musik.

Prinz und Prinzessin führten den Tanz an. Sie tanzten so schön, daß die hohen weißen Lilien zum Fenster hineinspähten und die großen roten Mohnblumen im Takt mit dem Kopf nickten.

Es schlug zehn Uhr, darauf elf und dann zwölf, und beim letzten Mitternachtsschlag kamen alle auf die Terrasse heraus, und der König ließ seinen Königlichen Feuerwerker holen.

»Beginnt mit dem Feuerwerk«, befahl der König, und der Königliche Pyrotechniker verneigte sich tief und begab sich zuhinterst in den Garten. Er hatte sechs Gehilfen, und jeder trug am Ende eines langen Stabs eine brennende Fackel.

Es war zweifellos ein grandioses Schauspiel. Zischend drehte das Feuerrad sich im Kreis. »Bum! Bum!« dröhnte die römische Kerze. Dann tanzten die Schwärmer herum, und die Bengalfackeln färbten alles scharlachrot. »Lebt wohl!« rief der Feuerballon, als er davonsauste und kleine blaue Funken regnen ließ. »Peng! Peng!« antworteten die Kracher, die sich großartig amüsierten. Alle kamen groß heraus, bis auf die respektable Rakete. Sie war so feucht vom Weinen, daß sie nicht mehr aufsteigen konnte. Das Beste an ihr war das Schießpulver, doch das hatten die Tränen so durchnäßt, daß es nichts mehr taugte. Aber ihre armen Verwandten, mit denen sie nur voll Verachtung gesprochen hatte, schossen wie prächtige Goldblumen mit Feuerblüten in den Himmel. »Hurra! Hurra!« jauchzte der Hof, und die kleine Prinzessin lachte vor Vergnügen.

»Man hebt mich wohl für einen besonderen Anlaß auf«, sagte sich die Rakete, »das muß der Grund sein«, und sie blickte hochmütiger denn je.

Am nächsten Tag kamen Arbeiter, um alles aufzuräumen. »Das ist offenbar eine Delegation«, meinte die Rakete, »ich will sie mit der nötigen Haltung empfangen«, und sie steckte die Nase in die Luft und machte eine finstere Miene, als wäre sie in Gedanken bei einer sehr wichtigen Angelegenheit. Aber die Männer nahmen überhaupt keine Notiz von ihr, bis sie fast schon weggehen wollten. Da fiel sie einem von ihnen auf. »Oh!« rief er, »eine schlechte Rakete!«, und warf sie über die Mauer in die Gosse.

»*Schlechte* Rakete? *Schlechte* Rakete?« wiederholte sie, als sie durch die Luft wirbelte; »unmöglich! *Echte* Rakete hat der Mann gesagt. *Schlecht* und *echt,* das klingt ganz ähnlich, und es ist auch oft dasselbe«; und sie landete im Dreck.

»Hier ist es nicht gemütlich«, stellte sie fest, »aber es ist wohl ein eleganter Badeort, wo sie mich zur Kur hingeschickt haben. Meine Nerven sind tatsächlich sehr angeschlagen, und ich brauche Ruhe.«

Dann kam ein kleiner Frosch mit hellen Glitzeraugen und grün gesprenkeltem Frack zu ihr geschwommen.

»Ein neuer Gast, wie ich sehe!« grüßte der Frosch. »Na, es geht doch nichts über Schlamm. Regenwetter und ein Straßengraben, mehr brauche ich zu meinem Glück nicht. Wird der Nachmittag wohl naß? Ich hoffe es sehr, doch der Himmel ist blau und wolkenlos. Wie schade!«

»Hm! Hm!« begann die Rakete zu hüsteln.

»Eine herrliche Stimme haben Sie!« rief der Frosch. »Fast wie Quaken, tatsächlich, und das ist ja die wohlklingendste Musik auf der Welt. Sie werden unseren Chor heute abend hören. Wir sitzen im alten Ententeich beim Bauernhaus, und sobald der Mond aufgeht, fangen wir an. Es ist so berückend, daß alle wach liegen, um uns zuzuhören. Erst gestern hörte ich die Bäuerin zu ihrer Mutter sagen, daß sie kein Auge zutun konnte wegen uns. Es ist sehr befriedigend, so beliebt zu sein.«

»Hm! Hm!« knurrte die Rakete. Sie war höchst ungehalten, weil sie mit keinem Wort dazwischenkam.

»Herrliche Stimme, wie ich schon sagte«, redete der Frosch weiter; »hoffentlich kommen Sie zum Ententeich. Jetzt muß ich nach meinen Töchtern schauen. Ich habe sechs wunderschöne Töchter und hab' solche Angst, daß der Hecht sie sieht. Er ist ein richtiges Ungeheuer und würde nicht zögern, sie zum Frühstück zu nehmen. Also, leben Sie wohl; war mir ein Vergnügen, mich mit ihnen zu unterhalten.«

»Unterhaltung nennen Sie das!« sagte die Rakete. »Sie haben die ganze Zeit selber geredet. Das ist keine Unterhaltung.«

»Jemand muß zuhören«, antwortete der Frosch, »und ich übernehme gerne das ganze Reden. Das spart Zeit und erspart Zank.«

»Aber ich mag mich zanken«, sagte die Rakete.

»Das will ich doch nicht hoffen«, meinte der Frosch nachsichtig. »Zank ist sehr vulgär, denn in der feinen Gesellschaft haben alle exakt dieselben Ansichten. Also, noch einmal, leben Sie wohl, ich sehe nämlich meine Töchter dort drüben.« Und der kleine Frosch schwamm davon.

»Sie sind eine sehr lästige Person«, sagte die Rakete, »und sehr ungezogen. Ich mag keine Leute, die von sich selber reden wie Sie, wenn man von sich selber reden will wie ich. Das nenne ich egoistisch, und Egoismus ist eine ganz schändliche Sache, vor allem für meinesgleichen, denn ich bin bekannt für meine mitfühlende Art. Sie sollten sich eigentlich an mir ein Beispiel nehmen, ein besseres Vorbild finden Sie nicht. Und Sie nutzen die einmalige Gelegenheit lieber gleich, denn ich kehre sehr bald an den Hof zurück. Ich bin äußerst angesehen bei Hof, gestern erst heirateten Prinz und Prinzessin mir zu Ehren. Aber davon wissen Sie als Landpomeranze natürlich nichts.«

»Es hat keinen Zweck, mit ihm zu reden«, sagte eine Libelle, die zuoberst auf einer hohen braunen Binse saß, »überhaupt keinen Zweck, denn er ist weg.«

»Na, dann verpaßt bloß er etwas«, antwortete die Rakete. »Ich mag nicht aufhören, mit ihm zu reden, nur weil er nicht zuhört. Ich höre mich gerne reden. Es ist eines meiner Hauptvergnügen. Ich führe oft lange Selbstgespräche und bin so schlau, daß ich manchmal kein Wort verstehe von dem, was ich sage.«

»Dann sollten Sie Philosophie dozieren«, riet die Libelle, breitete ihr anmutig zartes Flügelpaar aus und stieg himmelwärts.

»Zu dumm von ihr, nicht hierzubleiben!« sagte die Rakete. »Dabei hat sie bestimmt nicht oft eine solche Gelegenheit, sich zu bilden. Aber mir ist es egal. Ein Genie, wie ich eines bin, muß eines Tages anerkannt werden«; und sie sank noch etwas tiefer in den Schlamm.

Nach einer Weile kam eine große weiße Ente zu ihr geschwommen. Sie hatte gelbe Beine und Schwimmfüße und galt wegen ihres Watschelgangs als große Schönheit.

»Quak, quak, quak«, schnatterte sie. »Sehen Sie aber merkwürdig aus! Darf ich fragen, ob Sie so geboren wurden, oder haben Sie einen Unfall erlitten?«

»Sie haben offensichtlich immer auf dem Lande gelebt«, antwortete die Rakete, »sonst würden Sie mich kennen. Doch ich sehe Ihnen Ihre Unwissenheit nach. Es wäre unfair, andere für ebenso außergewöhnlich zu halten wie sich selbst. Sie werden gewiß mit Erstaunen hören, daß ich zum Himmel fliegen und als Goldregen wieder zur Erde kommen kann.«

»Davon halte ich nicht viel«, sagte die Ente, »denn ich wüßte nicht, wozu das gut sein soll. Wenn Sie den Acker wie ein Ochse pflügen, den Karren wie ein Pferd ziehen oder wie ein Hirtenhund Schafe hüten könnten, das wäre etwas.«

»Gute Frau«, rief die Rakete in äußerst hochmütigem Ton, »ich sehe, daß Sie dem einfachen Volk angehören. Eine Person meines Ranges ist niemals nützlich. Wir haben gewisse Talente, das ist mehr als genug. Ich halte wenig vom Broterwerb und gar nichts von den Tätigkeiten, die Sie zu empfehlen scheinen. Harte Arbeit ist bloß eine Zuflucht für Leute, die rein gar nichts zu tun haben, das fand ich immer schon.«

»Na, na«, sagte die Ente, die sehr friedfertig veranlagt war und sich nie mit jemandem stritt, »jeder nach seinem Geschmack. Ich hoffe jedenfalls, Sie nehmen hier Wohnsitz.«

»Nein, du liebe Zeit!« rief die Rakete, »ich bin nur ein Gast hier, ein vornehmer Gast. Eigentlich finde ich diesen Ort ziemlich langweilig; es gibt hier weder gute Gesellschaft noch Einsamkeit, nur Vorstadtmief. Ich werde wohl an den Hof zurückkehren, denn ich weiß, daß mein großer Auftritt noch bevorsteht.«

»Ich wollte selbst einmal in die Politik«, bemerkte die Ente, »es gibt so vieles, was man verbessern müßte. Ich war sogar einmal Vorsitzende einer Versammlung, und wir verabschiedeten Resolutionen gegen alles, was uns nicht gefiel. Aber sie schienen nicht viel zu bewirken. Jetzt setze ich auf das häusliche Leben und kümmere mich um meine Familie.«

»Ich bin für das öffentliche Leben geschaffen«, sagte die Rakete, »und mit mir all meine Verwandten, selbst die einfachsten von ihnen. Bei jedem Auftritt erregen wir große Aufmerksamkeit. Ich hatte mein Debüt zwar noch nicht, doch wenn es soweit ist, wird es ein grandioses Schauspiel. Was die Häuslichkeit anbelangt, so macht sie schnell alt und lenkt den Geist von Höherem ab.«

»Ach ja, der Reiz des Höheren!« sagte die Ente, »dabei fällt mir mein Hunger ein«, worauf sie quakend den Bach hinunterschwamm.

»Kommen Sie doch zurück!« schrie die Rakete, »ich habe Ihnen noch viel zu sagen«; aber die Ente achtete nicht auf sie. »Zum Glück ist sie gegangen«, brummte die Rakete, »so eine Spießbürgerin!« Und sie versank noch ein wenig tiefer im Schlamm und grübelte über die Einsamkeit der Genies nach, als plötzlich zwei kleine Jungen in weißen Kitteln mit einem Kessel und Reisig in der Hand die Böschung herunterrannten.

»Das muß die Abordnung sein«, vermutete die Rakete und versuchte sehr würdevoll auszusehen.

»He!« rief einer der Jungen, »sieh dir den Holzstab an! Wie ist denn der hierhergekommen?«; und er hob die Rakete aus dem Graben auf.

»*Holzstab!*« sagte die Rakete, »unmöglich! *Goldstab* hat er gesagt. Goldstab ist ein großes Kompliment. Er hält mich wohl für einen Würdenträger bei Hof!«

»Werfen wir ihn ins Feuer!« sagte der andere Junge, »dann kocht das Wasser schneller.«

Sie schichteten das Holz auf, legten die Rakete darauf und zündeten das Feuer an.

»Das ist wunderbar«, rief die Rakete, »sie lassen mich am hellichten Tag steigen, damit mich alle sehen!«

»Wir machen ein Schläfchen«, sagten die Jungen, »und wenn wir erwachen, hat das Wasser gekocht«, und sie legten sich ins Gras und schlossen die Augen.

Die Rakete war sehr feucht, und es dauerte lange, bis sie brannte. Endlich fing sie jedoch Feuer.

»Jetzt gehe ich los!« rief sie und hielt sich ganz steif und gerade. »Ich weiß, ich werde viel höher fliegen als bis zu den Sternen, viel höher als der Mond, viel höher als die Sonne. So hoch werde ich fliegen, daß ...«

Zischend stieg sie in die Luft.

»Wunderbar!« rief sie. »So geht das immer weiter. Ich bin so gewaltig!«

Aber niemand sah sie.

Dann spürte sie ein merkwürdiges Prickeln rundherum.

»Jetzt explodiere ich«, rief sie. »Ich werde die ganze Welt entflammen und einen solchen Lärm machen, daß die Menschen ein ganzes Jahr lang von nichts anderem reden.« Und sie explodierte tatsächlich. »Peng! Peng! Peng!« knallte das Schießpulver. Das war nicht zu bestreiten.

Aber niemand hörte es, nicht einmal die beiden Kinder, denn sie schliefen fest.

Dann blieb von der Rakete nur noch der Stecken übrig, und der fiel einer Gans, die am Graben spazierte, auf den Rücken.

»Du lieber Himmel!« zeterte die Gans. »Es prasselt Stecken vom Himmel«, und sie rauschte ins Wasser.

»Ich wußte, ich mach' einen Rieseneindruck«, keuchte die Rakete und erlosch.

Der junge König

Es war die Nacht vor der Krönung, und der junge König saß allein in seinem prächtigen Gemach. Seine Höflinge hatten sich alle verabschiedet, indem sie nach dem üblichen Zeremoniell den Kopf bis zum Boden neigten, und sich in den großen Schloßsaal zurückgezogen, um vom Zeremonienmeister den letzten Schliff zu erhalten, denn es gab einige unter ihnen, die noch recht natürliche Umgangsformen hatten, was bei einem Höfling, wie man nicht zu betonen braucht, ein schwerwiegendes Vergehen darstellt.

Dem Burschen – denn das war er mit seinen sechzehn Jahren – tat es nicht leid, daß sie gegangen waren. Mit einem tiefen Seufzer der Erleichterung hatte er sich auf die weichen Kissen seines bestickten Ruhebetts geworfen und lag mit flackerndem Blick und offenem Mund da wie ein brauner Waldfaun oder ein junges Wild, das den Jägern eben in die Falle gegangen war.

Und tatsächlich hatten ihn Jäger gefunden, fast zufällig, als er flötespielend und nackt der Herde des armen Ziegenhirten folgte, der ihn aufgezogen und für dessen Sohn er sich immer gehalten hatte. Er war das Kind der einzigen Tochter des alten Königs aus einer heimlichen, sehr unstandesgemäßen Verbindung – mit einem Fremden, mutmaßten manche, der die Prinzessin mit seinem betörenden Lautenspiel verführt hatte, während andere einen Künstler aus Rimini nannten, dem die Prinzessin viel, vielleicht zu viel Ehre erwiesen hatte, worauf er plötzlich aus der Stadt verschwunden war und sein Werk im Dom unvollendet ließ – und war bloß eine Woche nach seiner Geburt von der Seite der schlafenden Mutter gestohlen und in die Obhut einfacher Bauersleute gegeben worden, die keine eigenen Kinder hatten und in einem entlegenen Teil des Waldes, mehr als einen Tagesritt von der Stadt entfernt, wohnten. Der Schmerz oder die Pest, wie der Hofarzt festhielt, oder ein rasch wirkendes italienisches Gift in einem Becher Gewürzwein verabreicht, wie manche munkelten, rafften das hellhäutige Mädchen, das ihn geboren hatte, eine Stunde nach ihrem Erwachen dahin. Und als der verläßliche Bote mit dem Kind über dem Sattelbogen von seinem müden Pferd stieg und an die rauhe Tür der Hirtenhütte klopfte, wurde der Leichnam der Prinzessin bereits in ein offenes Grab gesenkt, das man auf einem verlassenen Friedhof vor den Stadttoren ausgehoben hatte, zu einem zweiten

Toten, hieß es, einem jungen Mann von wundersamer, fremdländischer Schönheit, dem man die Hände auf dem Rücken gebunden und die Brust rot zerstochen hatte.

So ging wenigstens das Gerücht. Sicher war nur, daß der alte König auf seinem Totenbett, sei es aus Reue über seine große Sünde oder aus bloßer Sorge um den Weiterbestand seines Geschlechts, nach dem Jungen verlangt und ihn vor dem Thronrat als seinen Erben anerkannt hatte.

Kaum war er in seine Rechte eingesetzt, verriet er anscheinend auch schon jene seltsame Passion für das Schöne, die sein Leben so stark bestimmen sollte.

Die Diener, die ihn zu den Räumen begleiteten, die man für ihn hergerichtet hatte, sprachen oft von dem Freudenschrei aus seinem Mund, als er das feine Gewand und die kostbaren Juwelen sah, die man ihm bereitgelegt hatte, und von dem fast fiebrigen Eifer, mit dem er sein rauhes Lederhemd und den groben Schaffellmantel abwarf. Zwar vermißte er zuweilen die frohe Freiheit seines Waldlebens und empörte sich oft über das lästige Hofzeremoniell, das einen so großen Teil des Tages einnahm, doch der wundervolle Palast – »Joyeuse« genannt –, dessen Herr er nun plötzlich war, schien ihm wie eine neue Welt, zu seinem Entzücken frisch ersonnen. Und sobald er Thronrat oder Audienzsaal entfliehen konnte, rannte er das große Treppenhaus mit den vergoldeten Bronzelöwen und Stufen aus blankem Porphyr hinunter und wanderte von Raum zu Raum, von Flur zu Flur wie einer, der in der Schönheit Linderung von Schmerz und Genesung von Krankheit sucht.

Auf diesen Entdeckungsreisen, wie er sie nannte – und es waren für ihn wirkliche Streifzüge durch ein Wunderland –, ließ er sich manchmal von den schlanken, blonden Pagen mit ihren wehenden Mänteln und froh flatternden Bändern begleiten. Doch öfter zog er das Alleinsein vor, denn er spürte mit schneller, fast prophetischer Eingebung, daß die Mysterien der Kunst am besten im geheimen erlernt werden und Schönheit, gleich der Weisheit, den einsamen Verehrer liebt.

Manch seltsame Geschichte über ihn machte zu dieser Zeit die Runde. Man erzählte sich, ein dicker Bürgermeister, der im Namen der Städter eine blumige Rede vortragen wollte, habe den Prinzen in inniger Anbetung vor einem eben aus Venedig eingetroffenen großen Gemälde überrascht, was von der Verehrung neuer Götter zu künden schien. Ein andermal hatte man den seit Stunden Vermißten nach längerem Suchen in einer Turmstube im Nordteil des Palasts gefunden, wo er, wie in Trance, in die Betrachtung einer griechischen Gemme mit eingeschnittenem Adonisbild versunken war. Auch hieß es, man habe ihn seine warmen Lippen auf die Marmorstirn einer antiken Statue des bithynischen Sklaven

von Hadrian pressen sehen, die man beim Bau der Steinbrücke gefunden hatte. Und eine ganze Nacht lang hatte er sich in die Wirkung des Mondlichts auf ein Silberporträt des Endymion vertieft.

Er war gewiß hingerissen von allem, was selten und kostbar war, und hatte in seinem Begehren viele Kaufleute ausgeschickt; manche zu den rauhen Fischervölkern der Nordmeere, um Bernstein, einige nach Ägypten, um den sagenhaften grünen Türkis der Königsgräber zu kaufen, welcher Zauberkräfte besitzen soll; andere nach Persien wegen Seidenteppichen und bemalten Töpferwaren, wieder andere nach Indien, wo sie Gaze und getöntes Elfenbein, Mondstein und Jadebänder, Sandelholz, blaues Email und Kaschmirtücher erwerben sollten.

Doch am meisten beschäftigte ihn die Robe, die er an seiner Krönung tragen sollte, der Mantel aus gewirktem Gold, die rubinbesetzte Krone und das Zepter, mit Perlenschnüren behängt. Daran dachte er auch an diesem Abend auf seinem üppigen Ruhebett und schaute zu, wie das große Kiefernscheit im offenen Kamin ausbrannte. Die Entwürfe der namhaftesten Künstler der Zeit hatte man ihm schon vor Monaten vorgelegt, und er hatte den Ausführenden Tag- und Nachtarbeit befohlen und ließ auf der ganzen Welt nach Juwelen suchen, die ihren Anstrengungen Ehre machten. Er sah sich schon, angetan mit der strahlenden Königswürde, vor dem Hochaltar des Doms stehen, und ein Lächeln umspielte seine Knabenlippen und brachte ein helles Leuchten in seine dunklen Waldaugen.

Nach einer Weile erhob er sich, lehnte gegen den geschnitzten Kaminvorbau und ließ den Blick durch den dämmrigen Raum schweifen. Die Wände waren mit prunkvollen Tapisserien behangen, die den Triumph der Schönheit feierten. Ein großer Wäscheschrank, eingelegt mit Achat und Lapislazuli, nahm die eine Ecke ein, und vor dem Fenster stand eine exotische Vitrine mit goldbestäubten Lacktafeln, auf denen zarte Venezianergläser und ein Kelch aus dunkel geädertem Onyx standen. Blasse Mohnblumen waren in die seidene Bettdecke gestickt, wie den müden Händen des Schlafs entglitten, und schlanker Schilf aus kanneliertem Elfenbein trug den samtenen Betthimmel, aus dem Straußenfedern in großen Büscheln wie weißer Gischt zur mattsilbrigen Gitterdecke schäumten. Ein lachender Narziß aus grüner Bronze hielt sich einen glänzenden Spiegel über den Kopf. Auf dem Tisch stand eine flache Amethystschale.

Draußen sah er die mächtige Domkuppel wie eine Seifenblase über den schattenhaften Häusern geistern und die schläfrigen Wachen die neblige Terrasse am Fluß abschreiten. Weit weg in einem Obstgarten sang eine Nachtigall. Ein zarter Jasminduft drang durch das offene Fenster. Er strich sich die dunklen Locken aus der Stirn, nahm eine Laute und ließ seine Finger mit den Saiten spielen. Seine schweren Lider senkten sich, und ein seltsamer Taumel kam über ihn. Nie zuvor hatte er so innig, mit solch heftiger Freude den geheimnisvollen Zauber des Schönen gespürt.

Als es vom Kirchturm Mitternacht schlug, berührte er eine Glocke, und seine Pagen kamen und kleideten ihn feierlich aus, gossen ihm Rosenwasser über die Hände und streuten Blumen auf sein Kissen. Kaum daß sie gegangen waren, schlief er ein.

Und während er schlief, träumte er einen Traum, und dies war sein Traum: Er sah sich in einer langen, niedrigen Dachkammer stehen, inmitten surrender und klappernder Webstühle. Schwaches Tageslicht sickerte durch Gitterfenster herein und zeigte ihm die hageren Gestalten der Weber, die sich über ihre Rahmen beugten. Bleiche, kränklich wirkende Kinder kauerten auf den mächtigen Querbalken. Wenn die Schiffchen durch den Zettel schossen, hoben sie die schwere Lade; waren sie still, ließen sie die Lade fallen und preßten die Fäden aneinander. Ihre Gesichter waren ausgehungert, und ihre dünnen Hände zitterten und bebten. Verhärmte Frauen saßen an einem Tisch und nähten. Ein entsetzlicher Gestank erfüllte den Raum. Die Luft war faulig und schwer, und die Wände tropften und rannen vor Nässe.

Der junge König ging zu einem der Weber und sah ihm zu.

Der Weber sah ihn ärgerlich an und sagte: »Was beobachtest du mich? Bist du ein Spion, den der Meister auf uns gehetzt hat?«

»Wer ist denn dein Meister?« fragte der junge König.

»Unser Meister!« rief der Weber bitter. »Er ist ein Mensch wie ich. Der Unterschied ist bloß, daß er schöne Kleider trägt, während ich in Lumpen gehe, und ich schwach vor Hunger bin, während er nicht zu knapp an Überernährung leidet.«

»Dies ist ein freies Land«, sagte der junge König, »und du bist niemandes Sklave.«

»Im Krieg versklaven die Starken die Schwachen«, gab der Weber zur Antwort, »und in Friedenszeiten die Reichen die Armen. Wir brauchen die Arbeit zum Leben, und sie geben uns so wenig Lohn, daß wir sterben. Wir schuften für sie den ganzen Tag, und sie häufen das Gold in ihren Truhen. Unsere Kinder welken vorzeitig dahin, und die Gesichter unserer Lieben werden böse und hart. Wir stampfen die Trauben, und ein anderer trinkt den Wein. Wir säen das Korn, und unser Tisch bleibt leer. Wir haben Ketten, auch wenn kein Auge sie sieht. Sklaven sind wir, und man nennt uns frei.«

»Gilt das für alle?« fragte der König.

»Es gilt für alle«, gab der Weber zur Antwort, »für die Jungen wie für die Alten, für Frauen und Männer, für die kleinen Kinder und die gebeugten Greise. Die Herren schinden uns, und wir müssen tun, was sie befehlen. Der Priester reitet vorbei und betet den

Rosenkranz, und keiner schert sich um uns. Durch unsere lichtlosen Gassen kriecht die Armut mit ihren hungrigen Augen, und die Sünde mit dem verschwollenen Gesicht folgt ihr auf dem Fuß. Das Elend weckt uns am Morgen, und die Schande wacht bei uns in der Nacht. Aber was kümmert dich all das? Du bist keiner von uns. Dein Gesicht ist zu froh.« Und er wandte sich finster ab und warf das Schiffchen über den Stuhl, und der junge König sah, daß ein Goldfaden eingespannt war.

Eine große Bangnis kam über ihn, und er fragte den Weber: »Was für ein Kleid webst du da?«

»Die Königsrobe des jungen Königs«, antwortete er, »was geht dich das an?«

Und der junge König schrie auf und erwachte, und da lag er in seinem eigenen Gemach, und durchs Fenster sah er den großen Honigmond im Dämmerlicht hängen.

Und er schlief wieder ein und träumte, und dies träumte er: Er sah sich auf dem Deck einer großen Galeere liegen, die von hundert Sklaven gerudert wurde. Auf einem Teppich neben ihm saß der Herr der Galeere. Er war schwarz wie Ebenholz und trug einen blutroten Turban aus Seide. Große Silberohrringe zogen seine dicken Ohrlappen in die Länge, und in den Händen hielt er eine Waage aus Elfenbein.

Die Sklaven waren bis auf ein zerlumptes Lendentuch nackt, und jeder Mann war an seinen Nachbarn gekettet. Die Sonne stach auf sie nieder, und die Schwarzen liefen das Reep auf und ab und schlugen sie mit Lederpeitschen. Sie streckten ihre sehnigen Arme aus und zogen die schweren Ruder durchs Wasser, daß der salzige Gischt von den Blättern flog.

Schließlich kamen sie zu einer kleinen Bucht und begannen sie auszuloten. Eine leichte Brise wehte vom Ufer und überzog das Deck und das große Lateinsegel mit feinem rotem Staub. Drei Araber auf Wildeseln erschienen und warfen Speere auf sie. Der Herr der Galeere ergriff einen bemalten Bogen und durchschoß einem der Männer die Kehle. Er taumelte in die Brandung, und seine Gefährten galoppierten davon. Eine Frau im gelben Schleier folgte langsam auf einem Kamel und wandte sich von Zeit zu Zeit nach dem Toten um.

Sobald sie geankert und das Segel eingeholt hatten, brachten die Schwarzen eine lange, mit viel Blei beschwerte Strickleiter aus dem Laderaum. Der Herr der Galeere warf sie über Bord und befestigte die Enden an zwei Eisenstützen. Dann packten die Aufseher den jüngsten Sklaven, nahmen ihm seine Fesseln ab, stopften Nase und Ohren mit Wachs und banden einen großen Stein um seine Mitte. Er stieg langsam die Leiter hinunter und verschwand im Meer. Ein paar Blasen stiegen dort auf, wo er getaucht war. Ein paar andere Sklaven spähten neugierig über Bord. Im Bug der Galeere saß ein Haibeschwörer und schlug monoton auf eine Trommel.

Nach einiger Zeit tauchte der Junge wieder auf und klammerte sich keuchend an die Leiter; in der rechten Hand hielt er eine Perle. Die Schwarzen entrissen sie ihm und stießen ihn zurück. Die Sklaven schliefen über ihren Rudern ein.

Wieder und wieder tauchte er auf, und jedesmal brachte er eine prachtvolle Perle mit. Der Herr der Galeere wog sie und steckte sie in einen kleinen Beutel aus grünem Leder.

Der junge König wollte etwas sagen, aber die Zunge schien ihm am Gaumen zu kleben, und seine Lippen mochten sich nicht rühren. Die Schwarzen schnatterten miteinander und begannen sich um eine glänzende Perlenschnur zu streiten. Zwei Kraniche umkreisten unermüdlich das Schiff.

Dann erschien der Taucher zum letztenmal, und die Perle, die er bei sich hatte, war schöner als alle Perlen von Ormuz, denn sie war rund wie der Vollmond und weißer als der Morgenstern. Aber sein Gesicht war seltsam blaß, und als er aufs Deck fiel, strömte ihm das Blut aus Nase und Ohren. Er schauerte kurz, dann lag er reglos da. Die Aufseher zuckten die Achseln und warfen die Leiche über Bord.

Der Herr der Galeere lachte und griff nach der Perle, und als er sie sah, preßte er sie an die Stirn und neigte den Kopf. »Die soll für das Zepter des jungen Königs sein«, sagte er und bedeutete den Schwarzen, den Anker zu lichten.

Als der junge König das hörte, schrie er auf und erwachte und sah durchs Fenster die langen Finger des Morgengrauens nach den verglimmenden Sternen greifen.

Und er schlief wieder ein und träumte, und dies träumte er: Er sah sich durch einen halbdunklen Wald gehen, in dem seltsame Früchte und schöne Giftblumen hingen. Die Ottern zischten ihm zu, als er vorüberwandelte, und die bunten Papageien flogen lärmend von Ast zu Ast. Mächtige Schildkröten dösten im heißen Schlamm. Die Bäume waren voll Affen und Pfauen.

Immer weiter ging er, bis er zum Waldrand kam, und dort sah er eine riesige Menschenmenge in einem ausgetrockneten Flußbett arbeiten. Es wimmelte wie von Ameisen über den Fels. Die Männer hoben tiefe Gruben aus und verschwanden darin. Manche spalteten die Felsen mit großen Hacken, andere wühlten im Sand. Sie rissen die Kakteen mit den Wurzeln aus und zertraten die scharlachroten Blüten. Unter gegenseitigen Zurufen wuselten sie herum, und keiner war untätig.

Im Schutz einer dunklen Höhle schauten Tod und Habgier ihnen zu, und der Tod sagte: »Ich bin müde; gib mir jeden dritten Mann und laß mich ziehen.«

Aber die Habgier schüttelte den Kopf. »Sie dienen mir«, antwortete sie.

Und der Tod sagte zu ihr: »Was hast du in der Hand?«

»Drei Weizenkörner«, antwortete sie ihm; »was kümmert dich das?«

»Gib mir eins davon«, rief der Tod, »für meinen Garten, bloß eins, und ich gehe weg.«

»Ich gebe dir gar nichts«, sagte die Habgier und barg die Hand in den Falten ihres Gewands.

Der Tod lachte, nahm einen Becher und tauchte ihn in eine Pfütze, und aus dem Becher stieg die Malaria. Sie ging durch die Menge und raffte ein Drittel dahin. Ein kalter Dunst folgte ihr, und die Wasserschlangen schossen ihr nach.

Als die Habgier sah, daß ein Drittel der Leute tot war, schlug sie sich auf die Brust und weinte. Sie schlug sich auf ihre welke Brust und schrie laut. »Du hast ein Drittel meiner Diener getötet«, rief sie, »verschwinde! Es ist Krieg in den Tatarenbergen, und die Könige auf beiden Seiten rufen dich an. Die Afghanen haben den schwarzen Ochsen erschlagen und ziehen in die Schlacht. Sie haben mit den Speeren auf ihre Schilde geschlagen und ihre Eisenhelme aufgesetzt. Was willst du in meinem Tal Zeit verschwenden? Geh fort und komm niemals wieder.«

»Nein«, sagte der Tod, »erst gibst du mir ein Weizenkorn.«

Die Habgier schloß ihre Hand und biß die Zähne zusammen. »Ich gebe dir gar nichts«, murrte sie.

Der Tod lachte, nahm einen schwarzen Stein und warf ihn in den Wald, und aus einem Schierlingsbusch kam das Fieber im Flammengewand einher. Es ging durch die Menge, und alle, die es berührte, starben. Das Gras welkte unter seinen Füßen dahin.

Die Habgier erschauerte und streute sich Asche aufs Haupt. »Du bist grausam«, rief sie, »grausam bist du. In den befestigten Städten Indiens ist Hungersnot, und die Zisternen Samarkands sind trocken. Hunger herrscht in den Städten Ägyptens, und die Heuschrecken sind aus der Wüste gekommen. Der Nil hat seine Ufer nicht überflutet, und die Priester haben Isis und Osiris verflucht. Geh dorthin, wo man dich braucht, und laß mir meine Sklaven.«

»Nein«, sagte der Tod, »erst gibst du mir ein Weizenkorn.«

»Ich gebe dir gar nichts«, sagte die Habgier.

Der Tod lachte wieder, pfiff durch die Finger, und eine Frau kam durch die Luft geflogen. Pest stand auf ihrer Stirn geschrieben, und eine Schar magere Geier umkreiste sie. Sie breitete ihre Flügel über das Tal, und niemand blieb am Leben.

Die Habgier floh kreischend durch den Wald, und der Tod sprang auf sein rotes Pferd und galoppierte davon, und sein Galopp war schneller als der Wind.

Aus dem Schleim am Talgrund krochen Drachen und schreckliche Schuppenwesen, Schakale trotteten über den Sand und hielten die Nase prüfend in die Luft.

Der junge König weinte und sagte: »Wer waren die Männer, und wonach suchten sie?«

»Nach Rubinen für eine Königskrone«, antwortete jemand hinter ihm.

Der junge König zuckte zusammen, und als er sich umdrehte, sah er einen Mann im Pilgergewand, der einen Silberspiegel in der Hand hielt.

Er erbleichte und fragte: »Für welchen König?«

Der Pilger antwortete: »Schau in diesen Spiegel, dann siehst du ihn.«

Und er erblickte im Spiegel sein eigenes Gesicht, schrie auf und erwachte; das helle Sonnenlicht strömte ins Zimmer, und auf den Bäumen im Lustgarten und im Park sangen die Vögel.

Der Kämmerer und die hohen Staatsbeamten traten ein und huldigten ihm, und die Pagen brachten die goldgewirkte Robe und legten Krone und Zepter bereit.

Der junge König betrachtete alles, und es war wunderschön. Schöner war es als alles, was er je gesehen hatte. Doch er dachte an seine Träume und sagte zu seinen Fürsten: »Nehmt diese Kleider hinweg, ich werde sie nicht tragen.«

Die Höflinge waren verblüfft, und einige lachten, denn sie dachten, er scherze.

Aber er mahnte sie streng: »Entfernt diese Kleider und schafft sie mir aus den Augen. Ich mag sie nicht tragen, obwohl es mein Krönungstag ist. Denn diese Robe wurde am Webstuhl der Sorge von den weißen Händen der Not gewirkt. Im Herzen des Rubins ist Blut und Tod im Herzen der Perle.« Und er erzählte ihnen seine drei Träume.

Als die Höflinge sie vernommen hatten, sahen sie einander an und flüsterten: »Er muß irre sein, denn was ist ein Traum mehr als ein Traum und eine Erscheinung mehr als bloßer Schein? Es sind keine Tatsachen, die man beachten muß. Was haben wir mit dem Leben derer, die für uns arbeiten, zu schaffen? Soll einer erst Brot essen, wenn er den Sämann gesehen, keinen Wein trinken, bevor er den Winzer gesprochen hat?«

Und der Kämmerer richtete folgende Worte an den jungen König: »Hoheit, ich bitte Euch, verscheucht diese schwarzen Gedanken, legt diese schöne Robe an und setzt Euch die Krone auf. Denn wie soll das Volk Euch als König erkennen, wenn Ihr kein Königsgewand tragt?«

Der junge König sah ihn an. »Ist das wirklich so?« fragte er. »Kennen sie mich nicht als König ohne Königsgewand?«

»Sie werden Euch nicht kennen, Hoheit«, rief der Kämmerer.

»Ich dachte, es gibt Männer, die sind königlich«, antwortete er, »doch vielleicht ist es, wie du sagst. Trotzdem werde ich diese Robe nicht tragen, noch mag ich mit dieser Krone gekrönt sein, sondern wie ich in diesen Palast kam, will ich ihn verlassen.«

Und er hieß sie alle gehen, bis auf einen Pagen, der sein Gefährte war und um ein Jahr jünger als er. Ihn behielt er zurück, und als er in klarem Wasser gebadet hatte, öffnete er eine große bemalte Truhe und entnahm ihr das Lederhemd und den groben Schaffellmantel, die er getragen hatte, als er auf dem Hügel die zottigen Geißen des Ziegenhirten hütete. Darin kleidete er sich, und in die Hand nahm er seinen knorrigen Hirtenstock.

Der kleine Page riß staunend seine blauen Augen auf und sagte lächelnd: »Hoheit, ich sehe Eure Robe und Euer Zepter, aber wo ist Eure Krone?«

Und der junge König brach einen Wildrosenzweig, der über den Balkon kletterte, bog ihn zu einem Kranz und setzte ihn sich auf den Kopf.

»Das soll meine Krone sein«, antwortete er.

So angetan, ging er aus seinem Gemach in den Thronsaal, wo die Edelleute auf ihn warteten.

Und die Fürsten spotteten, und einige riefen ihm zu: »Hoheit, das Volk erwartet seinen König, und Ihr zeigt ihm einen Bettler«, andere sagten zornig: »Er bringt Schande über unseren Staat und ist unwürdig, unser Herr zu sein.« Doch er gab ihnen kein Wort und ging vorbei, die Treppe aus blankem Porphyr hinunter und durch die Bronzetore hinaus, wo er sein Pferd bestieg und zum Dom ritt, während der kleine Page neben ihm her rannte.

Die Leute lachten und sagten: »Der Hofnarr reitet vorbei«, und sie verspotteten ihn.

Er zügelte sein Pferd und sagte: »Nein, ich bin der König.« Und er erzählte ihnen seine drei Träume.

Darauf trat ein Mann aus der Menge und sagte bitter zu ihm: »Herr, wißt Ihr nicht, daß die Armen vom Luxus der Reichen leben? Von Eurem Pomp nähren wir uns, und Eure Laster geben uns Brot. Für einen harten Meister zu arbeiten schmerzt, doch für gar keinen Meister arbeiten zu können schmerzt noch mehr. Glaubt Ihr denn, daß die Raben uns füttern? Und welche Abhilfe könnt Ihr schaffen? Wollt Ihr denn zum Käufer sagen: ›Für soviel sollst du kaufen!‹, und zum Verkäufer: ›Verkauf zu diesem Preis!‹? Wohl kaum. Darum geht zum Palast zurück und hüllt Euch in Purpur und edles Leinen. Was kümmert es Euch, wer wir sind und was wir leiden?«

»Sind denn Arme und Reiche nicht Brüder?« fragte der junge König.

»Ja«, gab der Mann zur Antwort, »und der reiche Bruder heißt Kain.«

Dem jungen König kamen die Tränen, er ritt weiter durch die murrende Menge, und der kleine Page bekam Angst und verließ ihn.

Und als er zum großen Domportal gelangte, streckten ihm die Soldaten ihre Hellebarden entgegen und sagten: »Was suchst du hier? Durch diese Tür tritt nur der König.«

Sein Gesicht wurde zornrot, und er sagte zu ihnen: »Ich bin der König«, winkte ihre Hellebarden beiseite und trat ein.

Als ihn der alte Bischof im Kleid eines Ziegenhirten kommen sah, erhob er sich verwundert von seinem Thron und ging ihm mit den Worten entgegen: »Mein Sohn, ist dies ein Königsgewand? Und mit welcher Krone soll ich dich krönen, was für ein Zepter dir in die Hand geben? Heute sollte doch ein Freudentag sein und kein Tag der Erniedrigung.«

»Soll Freude tragen, was Kummer gewirkt hat?« fragte der junge König und erzählte ihm seine drei Träume.

Als der Bischof sie gehört hatte, sagte er stirnrunzelnd: »Mein Sohn, ich bin ein alter Mann im Winter meines Lebens, und ich weiß, daß auf der weiten Welt viel Böses geschieht. Grimmige Räuber kommen von den Bergen, entführen die kleinen Kinder und verkaufen sie an die Mohren. Löwen lauern den Karawanen auf und fallen die Kamele an. Der wilde Eber wühlt das Korn im Tal auf, und der Fuchs nagt an den Reben am Hügel. Piraten verwüsten die Meeresküste, verbrennen die Boote der Fischer und stehlen ihre Netze. In den Salzsümpfen leben die Aussätzigen; sie haben Häuser aus geflochtenem Schilf, und niemand darf zu ihnen. Bettler irren durch die Städte und streiten sich mit den Hunden um die Nahrung. Kannst du all dies ungeschehen machen? Willst du den Aussätzigen zu dir ins Bett nehmen und den Bettler an deine Tafel setzen? Soll der Löwe tun, was du sagst, und der wilde Eber dir gehorchen? Ist nicht, der das Elend gemacht hat, weiser als du? Darum kann ich nicht loben, was du getan hast, sondern trage dir auf, zu deinem Palast zurückzureiten und mit froher Miene das Gewand anzuziehen, das sich für einen König schickt, und ich will dich mit der goldenen Krone krönen und das Perlenzepter in deine Hand geben. Denk nicht mehr an deine Träume. An der Last dieser Welt trägt ein Mensch zu schwer, und ihr Leid macht einem einzigen Herzen zuviel zu schaffen.«

»In diesem Haus sagst du das?« fragte der junge König, und er ging am Bischof vorbei die Altarstufen hoch und blieb vor dem Bild Christi stehen.

Er stand vor dem Bild Christi, und rechts und links von ihm waren die prächtigen Goldgefäße, der Kelch mit dem gelben Wein und die Phiole mit dem heiligen Öl. Vor dem Bild Christi kniete er, und die großen Kerzen brannten hell im Juwelenschrein, und der Weihrauch wallte in dünnen blauen Schwaden durch den Dom. Er neigte den Kopf zum Gebet, und die Priester in ihren steifen Röcken schlichen sich fort vom Altar.

Plötzlich drang von der Straße draußen ein wilder Lärm, und herein stürmten die Edelleute mit gezogenen Schwertern, wippenden Federn und Schilden aus glänzendem

Stahl. »Wo ist dieser Träumer von Hirngespinsten?« schrien sie. »Wo ist der Lumpenkönig – dieser Knabe, der Schande über unseren Staat bringt? Erschlagen wollen wir ihn, denn er ist unwürdig, unser Herr zu sein.«

Der junge König senkte abermals den Kopf zum Gebet, und als er es gesprochen hatte, erhob er sich und wandte sich ihnen mit trauriger Miene zu.

Und siehe, durch die bemalten Fenster strömte die Sonne auf ihn, und ihre Strahlen webten ihm eine Robe, schöner als jene, die zu seinem Gefallen gemacht worden war. Der tote Stab blühte und trug Lilien, weißer als Perlen. Es blühte der dürre Dorn und trug Rosen, röter als Rubine. Weißer als erlesene Perlen waren die Lilien, und ihre Stengel aus hellem Silber. Dunkler rot als Rubine waren die Rosen, und ihre Blätter aus getriebenem Gold.

Da stand er im Königsgewand, und die Flügel des Juwelenschreins schwangen auf, und der Kristall der funkelnden Monstranz warf ein wundervoll wundersames Licht. Er stand da im Königsgewand, und die Herrlichkeit Gottes erfüllte den Raum, und es war, als regten sich die Heiligen in ihrem gedrechselten Schrein. Da stand er im Prunkgewand eines Königs, und die Orgel jubelte auf, die Trompeter bliesen auf ihren Instrumenten, und die Chorknaben sangen.

Das Volk fiel voll Ehrfurcht auf die Knie, die Fürsten steckten ihre Schwerter ein und huldigten ihm, und der Bischof erblaßte, und seine Hände zitterten. »Ein Größerer als ich hat dich gekrönt«, rief er und kniete vor ihm nieder.

Und der junge König trat vom Hochaltar herab und schritt durch die Menschenmenge nach Hause. Doch niemand wagte ihm ins Gesicht zu schauen, denn es war wie das Antlitz eines Engels.

Der Geburtstag der Infantin

Es war der Geburtstag der Infantin. Sie war genau zwölf Jahre alt, und die Sonne schien hell in den Schloßgärten.

Obwohl sie eine richtige Prinzessin und spanische Infantin war, hatte sie wie Armeleutekinder nur einmal im Jahr Geburtstag. Darum lag dem ganzen Land natürlich sehr daran, daß der Tag sich ihr zu Ehren herausputzte. Und dies hatte er auch wirklich getan. Die großen gestreiften Tulpen standen stramm auf ihren Stengeln wie Soldaten in Reih und Glied. »Wir sind jetzt genauso prächtig wie ihr«, trotzten sie den Rosen über den Rasen hinweg. Purpurrote Schmetterlinge mit goldbestäubten Flügeln gaukelten von einer Blume zur andern; kleine Eidechsen krochen aus den Mauerritzen und sonnten sich im gleißenden Licht, und die Granatäpfel rissen und brachen von der Hitze und entblößten ihr blutendrotes Herz. Selbst die blaßgelben Zitronen, die in solcher Fülle vom moderndem Spalier und längs der dämmrigen Lauben hingen, schienen in der magischen Sonne aufzuglühen, und die Magnolien öffneten ihre großen Blütengloben, und ihrem Elfenbein entströmte ein betäubend süßer Duft.

Die kleine Prinzessin selbst spazierte mit ihren Gefährten die Terrasse auf und ab und spielte um die Steinvasen und alten bemoosten Statuen Verstecken. An gewöhnlichen Tagen durfte sie nur mit ihresgleichen spielen, darum mußte sie es immer alleine tun, aber ihr Geburtstag machte eine Ausnahme, und der König hatte angeordnet, sie solle all ihre jungen Freunde, mit denen sie sich gerne vergnügen möchte, einladen. Mit würdevoller Anmut glitten die schlanken spanischen Kinder dahin; die Knaben trugen Hüte mit üppigem Federschmuck und kurze, wehende Mäntel, die Mädchen rafften die Schleppen ihrer langen Brokatgewänder und schützten ihre Augen mit großen schwarzsilbrigen Fächern vor der Sonne. Aber das anmutigste Kind war die Infantin, und auch ihr Kleid verriet nach der etwas umständlichen Mode jener Zeit den besten Geschmack. Es war aus grauem Satin, der Rock und die weiten Puffärmel waren reich mit Silber bestickt, und edle Perlen schmückten reihenweise das Mieder. Unter dem Kleid blitzten beim Gehen zwei winzige Pantoffeln mit großen rosa Schleifen hervor. Rosa und perlweiß war ihr großer, zarter Fächer, und im Haar, das wie ein blaßgoldener

Glorienschein von ihrem bleichen Gesichtchen abstand, trug sie eine wundervolle weiße Rose.

Von einem Schloßfenster blickte der traurige, schwermütige König auf die Kinder herab. Hinter ihm stand sein verhaßter Bruder, Don Pedro von Aragón, und sein Beichtvater, der Großinquisitor von Granada, saß neben ihm. Trauriger noch als sonst war der König, denn als er sah, wie die Infantin mit kindlichem Ernst vor dem versammelten Hofstaat knickste oder hinter ihrem Fächer die strenge Herzogin von Albuquerque, ihre ständige Begleiterin, auslachte, mußte er an die junge Königin denken, ihre Mutter, die doch erst kürzlich – war es ihm – ihr fröhliches Frankreich verlassen hatte und im düsteren Prunk des spanischen Hofs dahingewelkt war, bis sie gerade sechs Monate nach der Geburt ihres Kindes starb, noch ehe sie zum zweitenmal die Mandelblüte im Obstgarten gesehen und wieder die Frucht des knorrigen alten Feigenbaums gepflückt hatte, der in der Mitte des nun mit Gras überwachsenen Hofs stand. So groß war seine Liebe zu ihr gewesen, daß selbst das Grab sie seinem Blick nicht verbergen sollte. Ein maurischer Arzt hatte sie einbalsamiert und war dafür mit seinem Leben belohnt worden, das er, wie es hieß, wegen Ketzertums und angeblicher Zauberei bereits an die Heilige Inquisition verloren hatte; und der Leichnam der Königin lag noch in der Schloßkapelle aus schwarzem Marmor auf der tuchbedeckten Bahre, wie ihn die Mönche an jenem windigen Märztag vor fast zwölf Jahren hineingetragen hatten. Einmal jeden Monat kam der König dunkel gekleidet, mit umflorter Laterne, kniete neben ihr nieder und rief »*Mi reina! Mi reina!*«, ja verstieß manchmal gar gegen die strenge Etikette, die in Spanien das ganze Leben beherrscht und selbst der Trauer eines Königs Grenzen setzt, packte in heftigstem Schmerz die edelsteinglitzernden, blassen Hände und versuchte das kalte, bemalte Gesicht mit seinen verzweifelten Küssen zum Leben zu erwecken.

Heute schien er sie so wiederzusehen, wie er ihr auf Schloß Fontainebleau zum erstenmal begegnet war, als er erst fünfzehn und sie noch weniger Jahre zählte. Sie waren damals vom päpstlichen Nuntius in Gegenwart des Königs von Frankreich und seines gesamten Hofs förmlich verlobt worden, und er war mit einer zarten blonden Haarlocke und der Erinnerung an zwei Kinderlippen, die ihm beim Besteigen der Kutsche die Hand küßten, in den Escorial zurückgekehrt. Später kam dann die Hochzeit, in der kleinen Grenzstadt Burgos zwischen den beiden Ländern eilig geschlossen, und darauf der große öffentliche Einzug in Madrid, mit dem traditionellen Hochamt in der Kirche La Atocha und einem überaus feierlichen Autodafé, mit dem man gegen dreihundert Ketzer, darunter viele Engländer, der weltlichen Gerichtsbarkeit zur Verbrennung überantwortet hatte.

Er hatte sie gewiß heftigst und, wie manche fanden, zum Verderben seines Landes, das mit England um den Besitz der Neuen Welt kämpfte, geliebt. Kaum je hatte er sie aus den Augen gelassen und ihretwegen tatsächlich oder auch nur scheinbar alle ernsthaften Staatsangelegenheiten vergessen. Doch in der schrecklichen Blindheit, mit der die Opfer der Leidenschaft geschlagen sind, war ihm entgangen, daß die Extravaganzen, die er für sie ersann, die seltsame Krankheit, an der sie litt, nur verschlimmerten. Als sie starb, benahm er sich einige Zeit wie ein Wahnsinniger. Er hätte wohl abgedankt und sich in das große Trappistenkloster von Granada, dessen Prior er dem Titel nach schon war, zurückgezogen, wenn er nicht Angst gehabt hätte, die kleine Infantin der Ungnade seines Bruders auszuliefern, der selbst in Spanien als überaus grausam galt und von manchen verdächtigt wurde, die Königin mit vergifteten Handschuhen getötet zu haben, die er ihr bei ihrem Besuch seines Schlosses in Aragonien schenkte. Auch nach Ablauf der dreijährigen Staatstrauer, die der König für sein ganzes Reich angeordnet hatte, mochte er nichts von einer neuen Verbindung hören, und als der Kaiser persönlich ihm die Hand seiner Nichte, der schönen Erzherzogin von Böhmen, antrug, ließ er ihm durch seine Gesandten ausrichten, der König von Spanien sei schon mit der Schwermut verheiratet, einer unfruchtbaren Braut zwar, die er jedoch mehr liebe als die Schönheit; eine Antwort, die ihm die reichen niederländischen Provinzen kostete, welche sich bald danach auf Anstiftung des Kaisers unter der Führung reformierter Fanatiker gegen ihn erhoben.

Sein ganzes Eheleben in seiner wilden Wonne und der schrecklichen Qual des plötzlichen Endes loderte vor ihm auf, als er die Infantin auf der Terrasse spielen sah. Sie schmollte so hübsch wie die Königin, warf den Kopf ebenso eigenwillig zurück, hatte denselben schön geschwungenen, stolzen Mund und dasselbe hinreißende Lächeln – *un vrai sourire de France* –, wenn sie ab und zu zum Fenster hochblickte oder ihre kleine Hand den würdigen spanischen Herren zum Kuß reichte. Doch das Lachen der Kinder klang schrill in seinen Ohren, das gnadenlos helle Sonnenlicht verhöhnte seinen Schmerz, und ein dumpfer Geruch nach seltsamen Gewürzen, wie die Einbalsamierer sie brauchen, schien die klare Morgenluft zu trüben – oder war es nur Einbildung? Er barg das Gesicht in den Händen, und als die Infantin wieder aufblickte, waren die Vorhänge gezogen, und der König war fort.

Sie warf schmollend die Lippen auf und zuckte die Achseln. Er hätte wirklich ihren Geburtstag mit ihr verbringen können. Wen kümmerten diese dummen Staatsgeschäfte? Oder war er zu der düsteren Kapelle gegangen, wo immer die Kerzen brannten und sie nie hinein durfte? Wie dumm von ihm, wenn die Sonne so hell schien und alle so glücklich waren! Außerdem würde er den gespielten Stierkampf verpassen, zu dem die Trompete schon einlud, vom Puppentheater und den anderen Herrlichkeiten ganz zu schweigen.

Ihr Onkel und der Großinquisitor waren da schon viel vernünftiger. Sie waren auf die Terrasse gekommen und machten ihr nette Komplimente. So warf sie den hübschen Kopf zurück und schritt an Don Pedros Arm langsam die Stufen hinunter zu einem langen Zelt aus purpurroter Seide am Ende des Gartens, die anderen Kinder streng nach der Etikette hinterher, die mit den längsten Namen zuerst.

Eine Prozession junger Adliger in der phantastischen Aufmachung als *toreadores* kam ihr entgegen, und der kleine Graf von Tierra-Nueva, ein bildschöner Junge von vielleicht vierzehn Jahren, nahm seinen Hut mit der ganzen Eleganz eines geborenen Hidalgo und spanischen Granden ab und führte sie feierlich zu einem Schemel aus Gold und Elfenbein, der auf einer Estrade über der Arena stand. Die Kinder gruppierten sich darum herum, bewegten ihre großen Fächer und flüsterten einander zu, und Don Pedro und der Großinquisitor standen lachend beim Eingang. Selbst die Herzogin – *Camerera Mayor* geheißen –, eine hagere Frau mit strengem Gesicht und gelber Halskrause, wirkte nicht ganz so übellaunig wie sonst; ein frostiges Lächeln lief über ihr Faltengesicht und umzuckte ihre dünnen, blutleeren Lippen.

Es war wirklich ein vortrefflicher Stierkampf, viel schöner, fand die Infantin, als der echte, den sie in Sevilla gesehen hatte, als der Herzog von Parma ihren Vater besuchte. Einige Jungen sprangen auf Steckenpferden mit reichverzierten Schabracken herum und schwangen lange Speere mit bunten Girlanden; andere waren zu Fuß, schwenkten ihre scharlachroten Mäntel vor dem Bullen und setzten leichtfüßig über die Schranke, wenn er sie angriff; und der Stier selbst war wie ein richtiger Stier, obwohl er nur aus Flechtwerk und darübergespanntem Fell war und trotz seiner Runden um die Arena auf den Hinterbeinen, was keinem lebenden Exemplar je einfallen würde. Er lieferte auch einen prachtvollen Kampf, und die Kinder ereiferten sich so, daß sie auf die Bänke sprangen, ihre Spitzentaschentücher schwenkten und mit dem Sachverstand von Erwachsenen *»Bravo toro! Bravo toro!«* riefen. Nach längerem Gefecht jedoch, als mehrere Steckenpferde ganz durchstochen und ihre Reiter abgeworfen waren, zwang der junge Graf von Tierra-Nueva den Stier in die Knie und stieß ihm auf die Erlaubnis der Infantin zum Gnadenstoß sein Holzschwert so heftig in den Hals, daß der Kopf abfiel und das lachende Gesicht des kleinen Monsieur de Lorraine freigab, Sohn des französischen Botschafters in Madrid.

Unter großem Applaus wurde darauf die Arena geräumt, zwei maurische Pagen in gelbschwarzer Livree schleppten feierlich die toten Pferde weg, und nach einer kurzen Pause, in der ein französischer Schlangenmensch auf dem Seil auftrat, erschienen italienische Marionetten in der halbklassischen Tragödie »Sophonisba« auf einer kleinen Theaterbühne, die man für sie errichtet hatte. Sie spielten so gut, und ihre Gesten waren so natürlich, daß die Augen der Infantin am Ende des Stücks tränenblind waren. Einige Kinder weinten tatsächlich und mußten mit Süßigkeiten getröstet werden, und selbst der Großinquisitor war so gerührt, daß er Don Pedro gestand, es sei ihm unerträglich, daß simple Wesen aus Holz und bemaltem Wachs, die man an Drähten führte, so unglücklich sein und so schreckliches Ungemach leiden mußten.

Es folgte ein afrikanischer Gaukler mit einem großen, flachen Korb, der mit einem roten Tuch bedeckt war, und als er ihn mitten in die Arena gestellt hatte, nahm er eine seltsame Rohrflöte aus seinem Turban und spielte darauf. Schon begann das Tuch sich zu regen, und während die Flöte schriller und schriller blies, streckten zwei grüngoldene Schlangen ihre merkwürdig keilförmigen Köpfe heraus, erhoben sich langsam und wiegten sich im Takt der Musik wie Pflanzen im Wasser. Die Kinder fürchteten sich aber vor ihren gelben Brillen und zuckenden Zungen und freuten sich viel mehr, als der Gaukler ein Orangenbäumchen aus dem Sand zauberte, das hübsch weiße Blüten und echte Früchte trug. Und als er der kleinen Tochter der Marchesa de Las Torres den Fächer nahm und ihn in einen blauen Vogel verwandelte, der zwitschernd das Zelt umkreiste, kannten ihr Entzücken und ihre Verwunderung keine Grenzen mehr. Auch das feierliche Menuett, das die jungen Tänzer der Kirche Unserer Lieben Frau von Pilar aufführten, war bezaubernd. Die Infantin hatte diese wundervolle Zeremonie, die jeden Mai vor dem Hochaltar der Madonna und ihr zu Ehren abgehalten wird, noch nie gesehen. Kein Mitglied der spanischen Königsfamilie hatte die große Kathedrale von Zaragoza betreten, seit ein verrückter Priester, in dem viele einen Attentäter im Sold Elisabeths von England vermuteten, versucht hatte, dem Prinzen von Asturien eine vergiftete Oblate zu reichen. Darum kannte die Infantin den »Tanz der Madonna«, wie man ihn nannte, nur vom Hörensagen und war begeistert. Die Knaben trugen altmodische Hofgewänder aus weißem Samt, ihre merkwürdigen Dreispitze hatten einen Silberrand und waren mit großen Büscheln von Straußenfedern gekrönt, und als sie im Sonnenlicht tanzten, ließen die dunklen Gesichter und langen schwarzen Haare die weißen Kostüme noch heller glänzen. Alle waren hingerissen vom gemessenen Ernst, mit dem sie die schwierigsten Tanzfiguren ausführten, von der exquisiten Anmut ihrer gravitätischen Gesten und würdevollen Verbeugungen; und als sie ihren Tanz beendet hatten und mit ihren großen Federhüten die Infantin grüßten, erwiderte sie die Reverenz sehr artig und gelobte, dem Schrein eine große Wachskerze zu senden, Unserer Lieben Frau von Pilar zum Dank für das Vergnügen, das sie ihr bereitet hatte.

Darauf betrat ein Trupp stattlicher Ägypter, wie die Zigeuner damals genannt wurden, die Arena; sie setzten sich mit gekreuzten Beinen im Kreis und begannen leise die

Zither zu schlagen; sie wiegten ihre Körper im Takt und summten, fast tonlos, eine leise, verträumte Melodie.

Als sie Don Pedro erblickten, schauten sie finster drein, manche waren verstört, denn erst vor wenigen Wochen hatte er zwei Leute ihres Stammes wegen Hexerei auf dem Marktplatz von Sevilla aufhängen lassen. Aber die Infantin bezauberte sie, wie sie da zurücklehnte und mit ihren großen blauen Augen über ihren Fächer spähte, und sie waren überzeugt, ein so schönes Geschöpf wie sie sei zu keiner Grausamkeit fähig. So spielten sie ganz sanft weiter und tippten die Saiten der Zither mit ihren langen, spitzen Nägeln nur an, mit nickenden Köpfen, als schliefen sie gleich ein. Plötzlich sprangen sie dann mit einem so schrillen Schrei auf die Füße, daß alle Kinder erschraken und Don Pedros Hand zum Achatknauf seines Dolchs fuhr; sie wirbelten wild zu Tamburinschlägen durch das Rund und sangen in ihrer seltsamen, kehligen Sprache ein heftiges Liebeslied. Auf ein nächstes Zeichen warfen sich alle wieder zu Boden und blieben reglos liegen, nur das eintönige Zitherspiel brach die Stille. Als sich dies mehrmals wiederholt hatte, verschwanden sie kurz und kamen mit einem zottigen Braunbären an der Kette wieder; auf den Schultern trugen sie Berberäffchen. Der Bär machte einen majestätischen Kopfstand, und die schrumpligen Äffchen zeigten mit den Zigeunerjungen, denen sie anscheinend gehörten, alle möglichen lustigen Tricks, fochten mit Spielzeugschwertern, ließen Gewehre knallen und exerzierten wie die Leibwache des Königs. Die Zigeuner ernteten viel Applaus.

Doch die spaßigste Morgenunterhaltung war sicher der Zwergentanz. Als der Zwerg in die Arena stolperte, auf seinen krummen Beinen watschelte und den mißgestalteten Riesenkopf von einer Seite auf die andre wiegte, jauchzten die Kinder vor Entzücken, und selbst die Infantin lachte so laut, daß die Camerera sie ermahnen mußte, die spanische Geschichte kenne zwar viele Beispiele weinender Königstöchter, aber eine Prinzessin, die vor Personen niedrigeren Standes so ausgelassen war, habe es noch nie gegeben. Doch der Zwerg war eben wirklich unwiderstehlich, und selbst am spanischen Hof, der bekanntermaßen seit je das Makabre pflegte, hatte man nie zuvor ein so absonderliches kleines Monster gesehen. Es war sein erster Auftritt. Erst am Vortag nämlich hatten zwei Fürsten, die zufällig in einem entlegenen Teil des Korkeichenwalds vor der Stadt jagten, das wilde Kerlchen entdeckt und es als Überraschung für die Infantin zum Palast mitgenommen, war es doch seinem Vater, einem armen Köhler, nur zu recht, ein so häßliches, unnützes Kind loszuwerden. Das Lustigste an ihm war vielleicht seine völlige Ahnungslosigkeit über seine groteske Erscheinung. Er wirkte in der Tat ganz glücklich und äußerst aufgeräumt. Wenn die Kinder lachten, lachte er ungezwungen und freudig mit, und nach jedem Tanz machte er jedem Kind die köstlichsten Verbeugungen und lächelte und nickte in die Runde, als sei er tatsächlich ihresgleichen und nicht eine kleine Mißgeburt, von einer Laune der Natur zum allgemeinen Gespött erschaffen. Von der Infantin war er völlig hingerissen. Er konnte kein Auge von ihr lassen, schien nur für sie zu tanzen, und als sie am Ende wie die Hofdamen, die Caffarelli Blumenbouquets zugeworfen hatten – dem berühmten italienischen Kastraten, den der Papst aus seinem eigenen Chor nach Madrid geschickt hatte, um mit seiner süßen Stimme die Melancholie des Königs zu heilen –, halb zum Spaß, halb aus Trotz gegen die Camerera die weiße Prachtrose aus ihrem Haar löste und sie mit ihrem lieblichsten Lächeln in die Arena warf, nahm der Zwerg die Sache ganz ernst, preßte die Blume an seine rauhen, unförmigen Lippen und die Hand aufs Herz und sank mit einem breiten Grinsen vor ihr auf ein Knie, wobei seine hellen Äuglein vor Wonne funkelten.

Das brachte die Infantin so aus der Fassung, daß sie, lange nachdem der Zwerg aus der Arena gerannt war, immer noch lachte und sich von ihrem Onkel eine unverzügliche Wiederholung des Tanzes erbat. Die Camerera schob jedoch die Hitze vor und entschied, daß Hoheit sogleich zum Palast zurückkehren sollte, wo man ihr schon ein wundervolles Festessen gerichtet hatte, samt einem echten Geburtstagskuchen mit ihren Initialen rundum in Zuckerguß und einer wehenden Silberfahne zuoberst. Darauf erhob sich die Infantin sehr hoheitsvoll, ordnete an, daß der Zwerg nach der Siesta wieder für sie tanzen sollte, sprach dem jungen Grafen von Tierra-Nueva ihren Dank für den gelungenen Anlaß aus und kehrte zu ihren Räumen zurück, die Kinder in derselben Aufstellung, wie sie gekommen waren, im Gefolge.

Als der Zwerg hörte, daß er noch einmal vor der Infantin tanzen sollte, auf ihren ausdrücklichen Wunsch, war er so stolz, daß er in den Garten hinausrannte, die weiße Rose in einem wahnwitzigen Wonnerausch küßte und sein Entzücken überaus schwerfällig und tolpatschig kundtat.

Die Blumen waren empört, daß er den Frieden ihres schönen Heims störte, und als sie sahen, wie er die Wege auf und ab hüpfte und albern mit den Armen herumfuchtelte, konnten sie nicht mehr an sich halten.

»Ein so häßlicher Kerl darf nicht spielen, wo wir sind«, riefen die Tulpen.

»Er sollte Mohnsaft trinken und tausend Jahre lang schlafen«, sagten die großen Scharlachlilien und erhitzten und ereiferten sich sehr.

»Ein richtiges Scheusal!« schrie der Kaktus. »Er ist verkrümmt und verbogen, und sein Kopf paßt überhaupt nicht zu seinen Beinen. Er macht mich ganz stachlig, und wenn er mir zu nahe kommt, steche ich ihn mit meinen Dornen.«

»Und er hat doch tatsächlich eine von meinen schönsten Blüten«, zeterte der weiße Rosenbusch. »Ich habe sie heute morgen selbst der Infantin zum Geburtstag geschenkt, und er hat sie ihr gestohlen.« Und sie rief: »Dieb, haltet den Dieb!«, so laut sie konnte.

Sogar die roten Geranien, die sonst nicht stolz waren und selbst viele arme Verwandte hatten, verschlossen sich vor Ekel bei seinem Anblick, und als die Veilchen sanft mahnten, er könne ja nichts für sein Aussehen, erwiderten sie mit einigem Recht, das sei es ja gerade, und man müsse jemand, dem nicht zu helfen sei, noch lange nicht bewundern. Und wirklich fanden auch manche Veilchen die Häßlichkeit des Zwergs beinahe kraß und meinten, er hätte mit trauriger oder doch nachdenklicher Miene viel mehr Stil bewiesen als mit dem frohen Herumgehopse und diesen grotesken und albernen Posen.

Die alte Sonnenuhr, eine sehr würdevolle Persönlichkeit, die einst keinem Geringeren als Kaiser Karl V. die Zeit gewiesen hatte, erschrak ihrerseits so über den Zwerg, daß ihr langer Schattenfinger fast zwei ganze Minuten versäumte und sie nicht umhinkonnte, zum großen, sich auf der Balustrade sonnenden Pfau zu sagen, ein Königskind sei eben ein König und ein Köhlerkind bleibe ein Köhler, ein Narr, wer das Gegenteil behaupte, was der milchweiße Pfau durchaus nicht tat und so laut und schrill »ganz gewiß« schrie, daß die Goldfische im kühl plätschernden Brunnen den Kopf aus dem Wasser streckten und die riesigen Steintritonen fragten, was um Himmels willen denn los sei.

Aber die Vögel mochten ihn irgendwie. Sie hatten ihn oft im Wald gesehen, wie er elfenhaft den wirbelnden Blättern nachtanzte oder im hohlen Stamm einer alten Eiche kauerte und mit den Eichhörnchen seine Nüsse teilte. Daß er häßlich war, machte ihnen gar nichts aus. Unscheinbar war doch selbst die Nachtigall, die in den Orangenhainen nachts so lieblich sang, daß der Mond manchmal sein Ohr herabneigte, und außerdem war der Zwerg gut mit ihnen gewesen und hatte sie kein einziges Mal vergessen in jenem klirrend kalten Winter, als keine Beeren an den Sträuchern standen, der Boden hart wie Eisen war und die Wölfe auf Nahrungssuche bis vor die Stadttore kamen. Immer hatte er für sie Brosamen aus seinem Stück Schwarzbrot gezupft und mit ihnen jedes kärgliche Frühstück geteilt.

Darum umkreisten sie ihn, streiften seine Wange dabei mit den Flügeln und zwitscherten einander zu, und der Zwerg freute sich so, daß er ihnen die wunderschöne weiße Rose unbedingt zeigen und ihnen erzählen mußte, die Infantin selbst habe sie ihm gegeben, weil sie ihn liebe.

Sie verstanden kein einziges Wort, aber das machte nichts, denn sie legten den Kopf schief und blickten weise, was genausogut ist wie Verstehen, bloß viel einfacher.

Auch die Eidechsen fanden großes Gefallen an ihm, und als er sich müde gerannt hatte und sich zum Ausruhen ins Gras warf, spielten und tollten sie auf ihm herum und gaben sich die größte Mühe, ihn zu unterhalten. »Es kann nicht jeder so schön sein wie eine Eidechse«, riefen sie; »das wäre zuviel verlangt. Und es klingt ja absurd, aber eigentlich ist er gar nicht so häßlich, jedenfalls wenn man die Augen zumacht und ihn nicht ansieht.« Die Eidechsen waren eben sehr philosophisch veranlagt und saßen oft stundenlang sinnend da, wenn es sonst nichts zu tun gab oder Regenwetter nicht zum Ausgehen einlud.

Doch die Blumen empörten sich sehr über ihr Betragen und das der Vögel. »Es beweist ja nur«, sagten sie, »wie ordinär man von dem pausenlosen Herumgeflitze und -geflatter wird. Kultivierte Leute bleiben immer am genau gleichen Ort wie wir. Uns hat keiner je die Wege auf und ab hüpfen oder in wilder Jagd die Libellen durchs Gras verfolgen sehen. Ist uns nach Luftveränderung, rufen wir den Gärtner, und er trägt uns in ein anderes Beet. Das ist stilvoll und wie es sich gehört. Aber Vögel und Eidechsen haben keinen Sinn für Ruhe, und die Vögel haben ja nicht einmal einen ständigen Wohnsitz. Sie sind Vaganten, wie die Zigeuner, und sollten genauso behandelt werden.« Also steckten sie ihre Nase in die Luft, blickten sehr hochmütig und waren entzückt, als der Zwerg sich nach einer Weile aus dem Gras aufrappelte und über die Terrasse zum Palast entschwand.

»Man sollte ihn wahrhaftig für den Rest seines Erdenlebens unter Hausarrest halten«, sagten sie. »Seht euch seinen Buckel und die krummen Beine an«, prusteten sie los.

Doch der Zwerg wußte von all dem nichts. Er mochte die Vögel und Eidechsen ungemein und fand Blumen das Wunderbarste auf der Welt, außer der Infantin natürlich, aber sie hatte ihm auch die herrliche weiße Rose gegeben und liebte ihn, und das war ein großer Unterschied. Hätte er nur mit ihr weggehen dürfen! Sie hätte ihn zu ihrer Rechten gesetzt und ihm zugelächelt, und er wäre nie von ihrer Seite gewichen, sondern hätte sie zu seiner Spielgefährtin gemacht und sie alle möglichen Zauberkünste gelehrt. Denn obwohl er nie zuvor in einem Palast gewesen war, kannte er viele Wunderdinge. Er konnte aus Binsen kleine Käfige machen, in denen die Grillen sangen, und den vielknotigen Bambus zur Flöte formen, die Pan gerne hört. Er kannte jeden Vogelruf und konnte die Stare von den Baumwipfeln holen oder den Reiher vom Teich. Jeden Wildpfad kannte er und konnte dem Hasen in seinen zarten Spuren folgen und dem Eber durch das gewalzte Gras. Die Tänze der Wildnis kannte er, den tollen Tanz im roten Rock mit dem Herbst, den Schwebetanz in blauen Sandalen über das Korn, den Tanz mit dem weißen Winterzweig und den Blütentanz durch die Obstgärten im Frühling. Er wußte, wo die Waldtauben ihre Nester bauten, und als einst ein Vogelfänger die Elternvögel erwischt hatte, zog er die Jungen selber auf und baute ihnen einen kleinen Taubenschlag in einer gekappten Ulme. Sie waren ganz zahm und fraßen ihm jeden Morgen aus der Hand. Die würde sie mögen, auch die Kaninchen, die durch den hohen Farn hopsten, die Eichelhäher mit den stahlblauen Federn und schwarzen Schnäbeln, die Igel, die sich zu stacheligen Kugeln rollten, und die großen, weisen Schildkröten, die mit wiegenden Köpfen langsam umherkrochen und am jungen Laub raspelten. O ja, sie mußte mit in den Wald kommen und mit ihm spielen. Sie sollte sein eigenes Bettchen haben, und er würde vor dem Fenster bis zur Dämmerung wachen, damit das Schalenwild ihr nichts tat und die hageren Wölfe nicht zu nahe zur Hütte schlichen. Bei Morgengrauen wollte er dann an die Läden klopfen, um sie zu wecken, und dann würden sie ins Freie gehen und den ganzen Tag lang zusammen tanzen. Es war wirklich kein bißchen einsam im Forst. Manchmal ritt ein Bischof auf seinem weißen Maultier vorbei und las aus einem gemalten Buch. Manchmal zogen die Falkner mit den grünen Samtmützen und Wildlederhosen vorüber, die Vögel in ihren Hauben auf der Hand. Zur Erntezeit kamen die Traubenstampfer mit den purpurroten Händen und Füßen; sie waren mit glänzendem Efeu bekränzt und trugen tropfende Weinschläuche. Nachts saßen die Köhler um ihre großen Meiler herum, sahen zu, wie die trockenen Scheite langsam im Feuer verkohlten, und rösteten Kastanien in der Asche. Dann kamen die Räuber aus ihren Höhlen und vergnügten sich mit ihnen. Einmal hatte er auch eine prächtige Prozession gesehen, die sich die lange, staubige Straße nach Toledo hinaufwand. Hell singende Mönche mit bunten Bannern und goldenen Kreuzen führten sie an, dann kamen in silberner Rüstung mit Musketen und Spießen die Soldaten, und in ihrer Mitte gingen drei Männer barfuß, sie trugen seltsame gelbe Gewänder, über und über mit wunderlichen Figuren bemalt, und hielten brennende Kerzen. Ja, es gab viel zu sehen im Wald, und wenn sie müde war, wollte er ihr ein weiches Moospolster finden oder sie in den Armen tragen, denn er war sehr stark, wenn auch nicht groß, das wußte er. Das Halsband, das er ihr aus roten Zaunrübenbeeren machen wollte, wäre ebenso schön wie die weißen Beeren, die sie auf ihrem Kleid trug, und war sie die satt, konnte sie sie fortwerfen, und er würde andere für sie finden. Bucheckern würde er ihr bringen, taubenetzte Anemonen und winzige Glühwürmchen als Sterne im blassen Gold ihres Haars.

Aber wo war sie? Er fragte die weiße Rose, doch sie antwortete nicht. Der ganze Palast schien zu schlafen, und dort, wo man die Läden nicht geschlossen hatte, hielten schwere Vorhänge vor den Fenstern das gleißende Licht fern. Er ging ganz herum und hielt Ausschau nach einem Einschlupf, und schließlich erspähte er eine kleine Nebentür, die offenstand. Er schlüpfte hindurch und fand sich in einem prachtvollen Saal wieder, viel prachtvoller, fürchtete er, als der Wald, weil da so viel mehr Gold war, und selbst der Boden bestand aus großen bunten Steinen, die man zu einem geometrischen Muster gefügt hatte. Aber die kleine Infantin war nicht da, nur ein paar herrliche weiße Statuen, die ihn mit traurigen, leeren Augen und seltsam lächelnden Lippen von ihren Sockeln aus Jaspis herab betrachteten.

Am Ende des Saals hing ein reichbestickter schwarzer Samtvorhang, übersät mit Sonnen und Sternen, den bevorzugten Emblemen des Königs, gestickt auf die Farbe, die ihm die liebste war. Ob sie sich dahinter verbarg? Er wollte immerhin nachschauen.

Also schlich er hinüber und zog ihn beiseite. Nein, da war bloß noch ein Zimmer, aber ein hübscheres, fand er, als das vorherige. An den Wänden hingen figurenreiche grüne Gobelins, ein gewirkter Teppich, der eine Jagdszene darstellte und von flämischen Künstlern in mehr als sieben Jahren hergestellt worden war. Dies war einst Juan El Locos Gemach gewesen, des verrückten Königs, der so in die Jagd vernarrt war, daß er in seinem Delirium oftmals versucht hatte, die mächtigen bockenden Pferde zu besteigen und den Hirsch, den die großen Jagdhunde ansprangen, zur Strecke zu bringen. Er blies in sein Jagdhorn und stach mit dem Dolch nach den flüchtenden hellen Rehen. Jetzt diente der Raum als Ratssaal, und auf dem Tisch in der Mitte lagen die roten Portefeuilles der Minister, geprägt mit den goldenen Tulpen Spaniens und den Wappen und Emblemen des Hauses Habsburg.

Der Zwerg blickte sich staunend um und zögerte weiterzugehen. Die seltsamen, stummen Reiter, die so lautlos in schnellem Galopp über die weiten Lichtungen preschten, schienen ihm wie die entsetzlichen Geister, von denen er die Köhler reden gehört hatte – jene *comprachos*, die nur bei Nacht jagen und jeden Menschen, dem sie begegnen, in eine Hindin verwandeln und ihm nachstellen. Aber dann dachte er an die schöne Infantin und faßte Mut. Er wollte sie allein antreffen und ihr sagen, daß er sie auch liebe. Vielleicht war sie im nächsten Zimmer.

Er rannte über die weichen maurischen Teppiche und öffnete die Tür. Nein! Auch hier war sie nicht. Das Zimmer war leer.

Es war ein Thronsaal, der zum Empfang ausländischer Botschafter diente, wenn der König, was er nur noch selten tat, ihnen eine persönliche Audienz gewährte. Diesen Raum hatten vor vielen Jahren englische Gesandte betreten, um die Hochzeit ihrer Königin, die damals zu den katholischen Majestäten Europas gehörte, mit dem ältesten Sohn des Kaisers auszuhandeln. Die Tapeten waren aus vergoldetem Córdoba-Leder, und ein schwerer goldener Leuchter, der dreihundert Wachslichter tragen konnte, hing von der schwarzweißen Decke. Unter einem mächtigen Himmel aus goldenem Tuch mit aufgestickten Perlen in Gestalt der kastilischen Löwen und Türme stand der Thron selbst, von einem kostbaren schwarzen Samt mit silbrigen Tulpen und kunstvollem Silber- und Perlensaum bedeckt. Auf der zweiten Thronstufe stand der Kniestuhl der Infantin mit Silberkissen und unter diesem, außerhalb des Thronhimmels, der Stuhl für den päpstlichen Nuntius, der bei Staatsanlässen als einziger das Recht hatte, in Gegenwart des Königs sitzen zu bleiben; sein Kardinalshut mit den verwickelten scharlachroten Schnüren lag auf einem purpurnen Schemel davor. An der Wand gegenüber dem Thron hing ein lebensgroßes Porträt Karls V. in Jagdkleidung, mit einem großen Mastiff an seiner Seite, und ein Bild Philipps II., der die Huldigung der Niederlande empfing, beherrschte die andere Wand. Zwischen den Fenstern stand ein schwarzes Ebenholzkabinett mit Intarsien aus Elfenbein, worin die Gestalten aus Holbeins »Totentanz« eingraviert worden waren – von der Hand des berühmten Meisters selbst, vermuteten manche.

Doch den Zwerg kümmerte all die Herrlichkeit wenig. Er hätte seine Rose um alle Perlen am Betthimmel nicht gegeben und kein einziges ihrer weißen Blütenblätter für den Thron. Er wollte nur die Infantin sehen, bevor sie zum Zelt hinunterging, und sie bitten, nach seinem Tanz mit ihm zu kommen. Hier im Palast war die Luft stickig und schwer, aber im Wald blies der Wind frei, und das Sonnenlicht wischte mit wehenden Goldhänden das flirrende Laub weg. Auch Blumen gab es im Wald, nicht so prächtige vielleicht wie die Gartenblumen, doch sie dufteten süßer. Im frühen Frühling Hyazinthen, die die kühlen Täler und grasigen Hügel mit wogendem Purpur überfluteten; gelbe Primeln, die sich in kleinen Büscheln an die knorrigen Wurzeln der Eichen schmiegten; leuchtendes Schöllkraut, blauer Ehrenpreis, Schwertlilien, lila und gold. Die Haseln trugen graue Kätzchen, und der Fingerhut neigte sich vom Gewicht seiner gesprenkelten, bienenumschwärmten Frucht. Die Kastanie trug Türme aus weißen Sternen und der Schlehdorn bleiche Monde der Anmut. Ja, gewiß würde sie kommen, wenn er sie bloß fand! Sie würde mit ihm kommen zum schönen Wald, und den ganzen Tag wollte er zu ihrem Entzücken tanzen. Ein Lächeln ließ bei dem Gedanken seine Augen aufleuchten, und er ging ein Zimmer weiter.

Von allen Räumen war dieser der hellste und schönste. Die Wände waren mit rosa geblümtem Lucca-Damast bespannt, der mit Vogelmotiven und erlesenen Silberblüten gemustert war. Die Möbel waren aus massivem Silber, mit Blütenzweigen und schaukelnden Cupidos geschmückt. Vor den beiden mächtigen Kaminen standen große Schirme, die mit Papageien und Pfauen bestickt waren, und der meergrüne Onyxboden schien sich in weite Ferne zu erstrecken. Er war auch nicht allein. Im Schatten der Tür, am anderen Ende des Raums, sah er eine kleine Gestalt, die ihn beobachtete. Sein Herz zitterte, ein Freudenschrei entfuhr ihm, und er trat ins Sonnenlicht. Als er das tat, trat auch die Gestalt vor, und er sah sie deutlich.

Die Infantin! Es war ein Ungeheuer, das absonderlichste, das er je gesehen hatte. Nicht wohlgeformt wie alle anderen Menschen, sondern bucklig und krummgliedrig mit wiegendem Riesenkopf und schwarzer Mähne. Der Zwerg runzelte die Stirn, und das Monster runzelte sie auch. Er lachte, und es lachte mit und stemmte die Hände in die Hüften wie er selbst. Er verneigte sich spöttisch, und es erwiderte mit einer tiefen Verbeugung. Er ging darauf zu, und es kam ihm entgegen, machte ihm jeden Schritt nach und hielt an mit ihm. Er schrie vor Vergnügen, rannte weiter und streckte die Hand aus; die Hand des Ungeheuers berührte seine, sie war kalt wie Eis. Er bekam Angst und zog die Hand weg, und die Monsterhand folgte schnell. Er versuchte weiterzukommen, aber etwas Glattes und Hartes hielt ihn auf. Das Gesicht des Ungeheuers war jetzt nah an dem seinen und schien voll Entsetzen: Er strich sein Haar aus den Augen, es machte es nach. Er schlug dagegen, es erwiderte jeden Schlag. Er zeigte seine Verachtung, es schnitt ihm häßliche Fratzen. Er zog sich zurück, und es wich auch.

Was konnte es sein? Er überlegte kurz und sah sich im übrigen Zimmer um. Merkwürdigerweise schien jedes Ding in dieser unsichtbaren Wand aus klarem Wasser sein Gegenstück zu haben. Ja, Bild um Bild wiederholte sich und Liege um Liege. Der schlafende Faun im Alkoven neben der Tür hatte einen schlummernden Zwillingsbruder, und die Silbervenus im Sonnenlicht streckte die Arme einer ebenso schönen Gefährtin entgegen.

War es Echo? Er hatte die Nymphe einmal im Tal gerufen, und sie hatte ihm geantwortet, Wort für Wort. Konnte sie das Auge narren wie die Stimme? Konnte sie eine Scheinwelt wie die richtige schaffen? Hatten die Schatten der Dinge Farbe, Leben, Bewegung? Konnte es sein, daß …?

Er zuckte zusammen, nahm die wunderschöne weiße Rose von seiner Brust, drehte sich um und küßte sie. Auch das Monster hatte eine Rose, es war Blütenblatt um Blütenblatt dieselbe! Es küßte sie mit denselben Küssen und preßte sie mit scheußlichen Gebärden ans Herz.

Als ihm die Wahrheit dämmerte, tat er einen wilden Schrei der Verzweiflung und fiel schluchzend zu Boden. Also er war mißgestaltet und bucklig, scheußlich anzusehen und lächerlich. Er selbst war das Ungeheuer, über ihn hatten alle Kinder gelacht, und die kleine Prinzessin, die ihn vermeintlich liebte – auch sie hatte ihn nur ausgelacht wegen seiner Häßlichkeit und sich amüsiert über seine krummen Glieder. Warum hatten sie ihn nicht im Wald gelassen, wo ihm kein Spiegel sagte, wie eklig er aussah? Warum hatte ihn sein Vater nicht umgebracht, statt ihn zu verkaufen und der Demütigung preiszugeben? Heiße Tränen rannen ihm über die Wangen, und er zerpflückte die weiße Rose. Das hin-

gestreckte Scheusal tat dasselbe und streute die zarten Blüten in die Luft. Es krümmte sich am Boden, und schaute er hin, sah es ihn an mit schmerzverzerrtem Gesicht. Er kroch seinen Blicken davon und bedeckte die Augen mit den Händen. Er schleppte sich wie ein verwundetes Wesen in den Schatten und blieb stöhnend liegen.

In diesem Augenblick kam die Infantin mit ihren Gefährten durchs offene Fenster herein, und als sie den häßlichen Zwerg am Boden liegen und mit geballten Fäusten wie toll dagegen hämmern sahen, brachen sie in vergnügtes Gelächter aus und umringten ihn neugierig.

»Wie er getanzt hat, war lustig«, sagte die Infantin, »aber wie er spielt, ist noch lustiger. Er ist fast so gut wie die Puppen, nur nicht ganz so natürlich, das ist klar.« Und sie winkte mit ihrem großen Fächer Beifall.

Doch der Zwerg blickte nicht auf, sein Schluchzen wurde schwächer und schwächer, und plötzlich keuchte er seltsam und griff sich an die Seite. Dann fiel er wieder um und lag ganz still da.

»Das ist großartig«, sagte die Infantin nach einer Pause; »aber jetzt mußt du für mich tanzen.«

»Ja«, riefen alle Kinder, »du mußt aufstehen und tanzen, denn du bist so schlau wie die Berberäffchen, bloß viel lustiger.«

Aber der Zwerg antwortete nicht.

Die Infantin stampfte mit dem Fuß und rief nach ihrem Onkel, der mit dem Kämmerer auf der Terrasse spazierte und Schriftstücke las, die eben aus Mexiko eingetroffen waren, wo man kürzlich die Inquisition eingeführt hatte. »Mein komischer kleiner Zwerg schmollt«, rief sie, »Ihr müßt ihn wecken und ihm befehlen, für mich zu tanzen.«

Sie lächelten einander zu und schlenderten hinein, und Don Pedro bückte sich und schlug den Zwerg mit seinem bestickten Handschuh auf die Wange. »Du mußt tanzen«, sagte er, »*petit monstre*. Tanzen sollst du. Die Infantin von Spanien und beider Indien wünscht Unterhaltung.«

Aber der Zwerg regte sich nicht.

»Man hole einen Auspeitscher«, sagte Don Pedro müde und ging auf die Terrasse zurück. Doch der Kämmerer blickte ernst, kniete neben den Zwerg und legte ihm die Hand aufs Herz. Nach einer kurzen Weile zuckte er mit den Schultern, stand auf und sagte mit tiefer Verbeugung zu der Infantin: »*Mi bella Princesa*, Euer komischer Zwerg wird nie wieder tanzen. Schade, denn er ist so häßlich, daß er vielleicht den König zum Lachen gebracht hätte.«

»Aber warum wird er nie mehr tanzen?« fragte die Infantin lachend.

»Weil sein Herz gebrochen ist«, gab der Kämmerer zur Antwort.

Die Infantin zog die Brauen hoch, und es sah reizend aus, wie sich ihr hübscher Rosenmund verächtlich kräuselte. »Dann soll keiner mehr ein Herz haben, der mit mir spielen kommt«, rief sie und rannte in den Garten hinaus.

Der Fischer und seine Seele

Jeden Abend ging der junge Fischer aufs Meer hinaus und warf seine Netze ins Wasser.

Wenn der Wind vom Land her wehte, fing er nichts oder nur wenig, denn es war ein scharfer, schwarzflügliger Wind, und rauhe Wellen ritten ihm entgegen. Doch wenn der Wind landeinwärts wehte, kamen die Fische aus der Tiefe und schwammen in die Maschen seiner Netze, und er trug sie zum Markt und verkaufte sie.

Jeden Abend ging er aufs Meer hinaus, und eines Abends war das Netz so schwer, daß er es kaum ins Boot ziehen konnte. Und er sagte sich lachend: »Sicher habe ich allen Fisch, der im Meer schwimmt, gefangen oder ein träges Ungeheuer erwischt, das die Leute bestaunen werden, oder ein Schauerwesen, das die große Königin möchte.« Und er sammelte all seine Kräfte und zog an den rauhen Seilen, bis die langen Adern auf seinen Armen wie blaue Emailstreifen auf einer Bronzevase hervortraten. Er zog an den dünnen Leinen, und immer näher kam der Kreis aus flachen Korken, bis das Netz schließlich aus dem Wasser tauchte.

Doch es war kein Fisch darin, auch kein Ungeheuer und kein Schauerwesen, nur eine kleine Meerjungfrau, die fest schlief.

Ihr Haar war wie ein nasses goldenes Vlies und jedes Haar ein Goldfaden in einem Kelch. Ihr Leib war weißes Elfenbein, ihr Schwanz Perlmutt und Silber. Silber und Perlmutt war ihr Schwanz, und grüner Meertang schlang sich darum; ihre Ohren waren wie Muscheln und ihre Lippen wie Korallen. Die kalten Wellen klatschten über ihre kalten Brüste, Salz glitzerte auf ihren Lidern.

So wunderschön war sie, daß der junge Fischer über ihren Anblick staunte, und er streckte die Hand aus, zog das Netz zu sich und beugte sich über den Rand, um sie in die Arme zu nehmen. Als er sie berührte, erwachte sie mit dem Schrei einer erschreckten Möwe, Entsetzen stand in ihren Malven- und Amethystaugen, und sie wollte sich loswinden. Aber er hielt sie fest an sich gepreßt und mochte sie nicht lassen.

Als sie sah, daß sie ihm nicht entfliehen konnte, begann sie zu weinen und sagte: »Bitte, lass' mich gehen, ich bin die einzige Tochter eines Königs, und mein Vater ist alt und allein.«

Doch der junge Fischer antwortete: »Ich lass' dich nur gehen, wenn du mir versprichst, daß du kommst und für mich singst, wenn ich dich rufe, denn die Fische hören gerne den Meerleuten zu, und dann sind meine Netze immer voll.«

»Läßt du mich auch wahrhaftig gehen, wenn ich das verspreche?« fragte die Meerjungfrau.

»Ich lasse dich wahrhaftig gehen«, sagte der junge Fischer.

Also gab sie ihm das gewünschte Versprechen und schwor den Eid der Meerleute darauf. Und er löste seine Arme von ihr, und sie sank ins Wasser, und eine seltsame Furcht ließ sie erschauern.

Jeden Abend ging der junge Fischer aufs Meer hinaus und rief die Meerjungfrau, und sie stieg aus dem Wasser und sang für ihn. Die Delphine schwammen um sie herum, und die Möwen kreisten über ihrem Kopf.

Und sie sang ein Lied voller Wunder. Von den Meerleuten sang sie, die ihre Herden von Höhle zu Höhle treiben und die Kälbchen auf ihren Schultern tragen. Von den Tritonen mit langem grünem Bart und haariger Brust, die auf Muschelhörnern blasen, wenn der König kommt. Vom Palast des Königs, ganz aus Bernstein, mit einem Dach aus echtem Smaragd und hellen Perlmuttböden. Von den Meeresgärten, wo die großen, zartfingrigen Korallenfächer den ganzen Tag wehen und die Fische wie Silbervögel herumflitzen und die Anemonen sich an die Felsen saugen und im gerippten gelben Sand die Nelken knospen. Sie sang von den großen Walen, die aus den Nordmeeren herunterkommen, mit spitzen Eiszapfen an den Barten. Von den Sirenen, die von solchen Herrlichkeiten berichten, daß die Kaufleute sich die Ohren mit Wachs stopfen müssen, damit sie sie nicht hören und ins Wasser springen und ertrinken. Von den gesunkenen Galeeren mit den hohen Masten, von erfrorenen Matrosen in der Takelage und den Makrelen, die durch die offenen Bullaugen ein und aus schwimmen. Von den kleinen Entenmuscheln, großen Reisenden, die sich an die Schiffskiele klammern und rund um die Welt fahren. Auch von den Tintenfischen, die in den Klippenwänden wohnen, ihre langen schwarzen Arme ausstrecken und es Nacht werden lassen, wann sie wollen. Sie sang von der Nautilus, die ihr eigenes Boot hat, aus einem Opal geschnitten, und ein seidenes Segel setzt. Von den frohen Wassermännern, die Harfe spielen und den großen Kraken in Schlaf zaubern können. Von den kleinen Kindern, die schlüpfrige Tümmler umschlingen und lachend auf ihren Rücken reiten; von den Meerjungfrauen, die im weißen Gischt liegen und den Seefahrern ihre Arme entgegenstrecken; von den Seelöwen mit ihren gebogenen Zähnen und den Seepferden mit den flatternden Mähnen.

Und während sie sang, stiegen alle Thunfische aus der Tiefe, um ihr zuzuhören, und der junge Fischer warf seine Netze aus und fing sie, andere tötete er mit einem Speer. War dann sein Boot voll beladen, lächelte die Meerjungfrau ihm zu und tauchte unter.

Doch sie kam nie so nah, daß er sie berühren konnte. Oft rief er sie an und bat sie darum, aber sie wollte nicht, und wenn er sie zu fangen suchte, tauchte sie wie ein Seelöwe, und er sah sie an dem Tag nicht mehr. Und jeden Tag klang ihre Stimme süßer in seinen Ohren. So süß war ihre Stimme, daß er seine Netze und seine List vergaß und nicht mehr auf sein Handwerk achtete. Die Flossen zinnoberrot, die Augen wie Goldknöpfe, gingen die Thunfische in Schwärmen ins Netz, doch er achtete nicht auf sie. Sein Speer lag ungebraucht neben ihm, und seine Körbe aus geflochtener Weide blieben leer. Mit geöffneten Lippen und verträumten Augen saß er untätig im Boot und lauschte und lauschte, bis die Seenebel über ihn krochen und der ziehende Mond seine gebräunten Glieder silbrig färbte.

Und eines Abends rief er sie an und sagte: »Meerjungfrau, kleine Meerjungfrau – ich liebe dich. Nimm mich zu deinem Bräutigam, denn ich hab' dich lieb.«

Aber die Meerjungfrau schüttelte den Kopf. »Du hast eine Menschenseele«, antwortete sie. »Wenn du nur deine Seele wegschicken würdest, könnte ich dich lieben.«

Und der junge Fischer sagte sich: »Was nützt mir meine Seele? Ich kann sie nicht sehen. Ich kann sie nicht berühren. Ich kenne sie nicht. Sicher will ich sie wegschicken, und so froh werde ich sein.« Ein Freudenschrei brach aus seinen Lippen, er stand auf in seinem bemalten Boot und streckte die Arme nach der Meerjungfrau aus. »Ich will meine Seele wegschicken«, rief er, »und du sollst meine Braut sein und ich dein Bräutigam, in der Tiefe des Meers werden wir miteinander wohnen, und du sollst mir alles zeigen, wovon du gesungen hast, und was du auch verlangst, das werde ich tun, und nichts soll uns trennen.«

Die kleine Meerjungfrau lachte vor Wonne und barg ihr Gesicht in den Händen.

»Aber wie kann ich meine Seele wegschicken?« fragte der junge Fischer. »Sag mir, wie ich es tun kann, und es soll geschehen.«

»Ach weh, das weiß ich nicht«, sagte die kleine Meerjungfrau, »die Meerleute haben keine Seele.« Und sie sah ihn sehnsüchtig an und verschwand in der Tiefe.

Am anderen Morgen früh, bevor die Sonne eine Handbreit über dem Hügel stand, ging der junge Fischer zum Haus des Priesters und klopfte dreimal an die Tür.

Der Novize sah zum Türflügel hinaus, und als er ihn erkannte, zog er den Riegel zurück und sagte: »Komm herein.«

Der junge Fischer trat ein, kniete auf die duftende Schilfmatte am Boden und rief den

Priester, der in der Heiligen Schrift las, an: »Vater, ich habe mich in eine Nixe verliebt, und meine Seele steht meinem Begehren im Weg. Sag mir, wie ich meine Seele wegschicken kann, denn ich brauche sie wirklich nicht. Was nützt mir meine Seele? Ich kann sie nicht sehen. Ich kann sie nicht berühren. Ich kenne sie nicht.«

Der Priester schlug sich auf die Brust und sagte: »Weh, ach weh, du bist verrückt oder hast eine giftige Pflanze gekostet, denn die Seele ist das Edelste am Menschen und uns von Gott zu edlen Zwecken gegeben. Es gibt nichts Kostbareres als eine Menschenseele, und nichts Irdisches wiegt sie auf. Sie ist alles Gold auf der Welt wert und zählt mehr als die Rubine der Könige. Darum denk nicht mehr daran, mein Sohn, denn solche Sünde wird dir nicht vergeben. Die Meerleute sind Verlorene, und wer sich mit ihnen einläßt, geht auch verloren. Sie sind wie die Tiere des Feldes, die nicht wissen, was gut und was böse ist, und für sie ist der Herr nicht gestorben.«

Tränen traten dem jungen Fischer in die Augen, als er die harschen Worte des Priesters hörte, und er stand auf und sagte: »Vater, die Faune wohnen im Wald und sind froh, und auf den Felsen sitzen die Wassermänner mit ihren rotgoldenen Harfen. Laß mich sein wie sie, ich flehe dich an, denn ihre Tage sind wie die Tage der Blumen. Und was nützt mir denn meine Seele, wenn sie zwischen mir steht und dem, was ich liebe?«

»Die Liebe des Fleisches ist übel«, rief der Priester stirnrunzelnd, »übel und böse sind die heidnischen Kreaturen, die Gott durch Seine Welt streifen läßt. Verflucht seien die Faune des Waldes und verflucht die Sirenen des Meers! Ich habe sie des Nachts gehört, und sie wollten mich von meinem Rosenkranz locken. Sie klopfen ans Fenster und lachen. Sie flüstern mir die Mär ihrer gefährlichen Freuden ins Ohr. Sie treten an mich mit Versuchungen, und wenn ich beten will, schneiden sie Fratzen. Sie sind verloren, sage ich dir, verloren sind sie. Für sie gibt es weder Himmel noch Hölle, weder hier noch dort werden sie Gottes Namen preisen.«

»Vater«, rief der junge Fischer, »Ihr wißt nicht, was Ihr sagt. Einmal ging mir eine Königstochter ins Netz. Sie ist schöner als der Morgenstern und weißer als der Mond. Für ihren Leib gäbe ich meine Seele, und für ihre Liebe würde ich den Himmel opfern. Sagt mir, was ich von Euch wissen will, und laßt mich in Frieden ziehen.«

»Hinweg!« schrie der Priester, »deine Metze ist verloren, und du wirst mit ihr verloren sein.« Und er gab ihm keinen Segen, sondern jagte ihn von seiner Tür.

Der junge Fischer ging auf den Markt, und er ging langsam, mit gesenktem Kopf wie ein Trauernder.

Als die Händler ihn kommen sahen, begannen sie miteinander zu flüstern, und einer kam ihm entgegen, rief ihn mit Namen und fragte: »Was hast du zu verkaufen?«

»Ich verkaufe dir meine Seele«, antwortete er. »Ich bitte dich, kauf sie mir ab, denn ich mag sie nicht mehr. Was nützt mir meine Seele? Ich kann sie nicht sehen. Ich kann sie nicht berühren. Ich kenne sie nicht.«

Aber die Händler lachten ihn aus und sagten: »Was nützt uns eine Menschenseele? Sie ist keinen Silberling wert. Verkauf uns deinen Körper als Sklaven, und wir kleiden dich in Meerespurpur, stecken dir einen Ring an den Finger und machen dich zum Günstling der großen Königin. Aber rede nicht von deiner Seele, denn die zählt nicht für uns und lohnt keinen Dienst.«

»Wie seltsam!« sagte sich der junge Fischer. »Der Priester erzählt mir, die Seele sei alles Gold auf der Welt wert, und die Händler geben dafür keinen Silberling.« Und er ging weg vom Marktplatz zum Strand und grübelte, was er tun sollte.

Um die Mittagszeit fiel ihm ein, daß ein Kamerad, der Meerfenchel sammelte, ihm von einer jungen Hexe erzählt hatte, die in einer Höhle am Ende der Bucht wohne und eine sehr schlaue Hexe sei. Und er rannte los, so sehr brannte er darauf, seine Seele loszuwerden, und hinterließ eine Staubwolke, als er über den Ufersand lief. Ein Zucken der Handfläche hatte der jungen Hexe sein Kommen verraten, und sie lachte und löste ihr rotes Haar. Im roten Haarschleier stand sie vor der Höhle und hielt einen blühenden Schierlingszweig in der Hand.

»Sag, was dir fehlt! Sag, was dir fehlt!« rief sie, als er zu ihr heraufgekeucht kam und sich niederbeugte. »Etwa Fisch für dein Netz bei flauem Wind? Ich habe eine kleine Rohrflöte, und wenn ich darauf blase, schwärmen die Äschen in die Bucht. Doch es hat einen Preis, hübscher Junge, es hat einen Preis. Sag, was dir fehlt! Sag, was dir fehlt! Ein Sturm etwa, der die Schiffe zerstört und Kisten voll reicher Schätze ans Ufer schwemmt? Ich habe mehr Stürme als der Wind, denn ich diene einem, der stärker ist als der Wind, und mit einem Sieb und einem Eimer voll Wasser versenke ich große Galeeren auf den Meeresgrund. Doch ich hab' einen Preis, hübscher Junge, ich hab' einen Preis. Sag, was dir fehlt! Sag, was dir fehlt! Ich kenne eine Blume im Tal, niemand kennt sie außer mir. Sie hat Purpurblüten und einen Stern im Herzen, und milchweiß ist ihr Saft. Berührst du mit dieser Blume die harten Lippen der Königin, dann folgt sie dir um die ganze Welt. Aus dem Bett des Königs steht sie auf und folgt dir um die ganze Welt. Doch es hat einen Preis, hübscher Junge, es hat einen Preis. Sag, was dir fehlt! Sag, was dir fehlt! Ich kann eine Kröte im Mörser zu Brei stampfen und den Brei mit der Hand eines Toten rühren.

Gieß davon auf deinen Feind, wenn er schläft, und er wird sich in eine schwarze Otter verwandeln, und seine eigene Mutter wird ihn erschlagen. Mit einem Rad kann ich den

Mond vom Himmel holen, und in einem Kristall zeige ich dir den Tod. Sag, was dir fehlt! Sag, was dir fehlt! Nenn mir deinen Wunsch, ich erfüll' ihn dir, und du zahlst mir einen Preis, hübscher Junge, du zahlst einen Preis.«

»Ich wünsche nur wenig«, sagte der junge Fischer, »und doch hat der Priester mich im Zorn weggejagt. Nur wenig wünsche ich, und die Händler haben mich ausgelacht und mich abgewiesen. Darum bin ich zu dir gekommen, obwohl man dich böse nennt, und will den Preis zahlen, was es auch sei.«

»Was willst du?« fragte die Hexe und kam zu ihm.

»Ich will meine Seele wegschicken«, antwortete der junge Fischer.

Die Hexe erbleichte und zitterte und barg das Gesicht in ihrem blauen Mantel. »Hübscher Junge, ach hübscher Junge«, murmelte sie, »das ist ein entsetzlicher Plan!«

Er schüttelte seine braunen Locken und lachte. »Meine Seele bedeutet mir nichts«, antwortete er. »Ich kann sie nicht sehen. Ich kann sie nicht berühren. Ich kenne sie nicht.«

»Was gibst du mir, wenn ich es dir sage?« fragte die Hexe und blickte mit ihren schönen Augen auf ihn herab.

»Fünf Goldstücke«, sagte er, »und meine Netze, die Kate, in der ich wohne, und das farbige Boot, mit dem ich ausfahre. Sag mir nur, wie ich meine Seele loswerde, und ich will dir alles geben, was ich besitze.«

Sie lachte spöttisch und schlug ihn mit dem Schierlingszweig. »Ich kann das Herbstlaub in Gold verwandeln«, antwortete sie, »und die blassen Mondstrahlen zu Silber wirken, wenn ich es will. Der, dem ich diene, ist reicher als alle Könige dieser Welt und hat Ländereien wie sie.«

»Was soll ich dir denn geben«, rief er, »wenn dein Preis weder Gold noch Silber ist?«

Die Hexe streichelte ihm mit ihrer schlanken weißen Hand das Haar. »Du mußt mit mir tanzen, hübscher Junge«, murmelte sie und lächelte ihn dabei an.

»Nur das?« rief der junge Fischer erstaunt und stand auf.

»Nur das«, antwortete sie und lächelte wieder.

»Dann tanzen wir zusammen bei Sonnenuntergang an einem verschwiegenen Ort«, sagte er, »und wenn wir getanzt haben, sagst du mir, was ich wissen will.«

Sie schüttelte den Kopf. »Wenn Vollmond ist, wenn Vollmond ist«, murmelte sie. Dann spähte sie nach allen Seiten und horchte. Ein blauer Vogel stieg schreiend aus dem Nest und kreiste über den Dünen, und drei gesprenkelte Vögel raschelten durch das rauhe graue Gras und pfiffen einander zu. Sonst war nichts zu hören als eine Welle, die an den glatten Strandkieseln scharrte. Darauf streckte sie ihre Hand aus, zog ihn dicht an sich und hielt ihre trockenen Lippen an sein Ohr.

»Heute nacht mußt du auf den Berg kommen«, flüsterte sie. »Es ist Sabbath, und Er wird dort sein.«

Der junge Fischer zuckte zusammen und schaute sie an, und sie entblößte ihre weißen Zähne und lachte. »Wer ist Er, von dem du sprichst?« fragte er.

»Es ist nicht wichtig«, antwortete sie. »Geh du heute nacht und warte unter den Ästen der Weißbuche auf mich. Wenn ein schwarzer Hund zu dir rennt, schlag ihn mit einer Weidenrute, und er wird weggehen. Wenn eine Eule zu dir spricht, antworte nicht. Wenn der Mond voll ist, bin ich bei dir, und wir tanzen zusammen auf der Wiese.«

»Aber schwörst du, daß du mir dann sagst, wie ich meine Seele wegschicke?« fragte er.

Sie trat ins Sonnenlicht, und der Wind kräuselte ihr rotes Haar. »Ich schwöre es bei den Hufen des Ziegenbocks«, antwortete sie.

»Du bist die beste Hexe«, rief der junge Fischer, »und ich will gewiß heute nacht auf dem Berg mit dir tanzen. Ich wollte, du hättest Gold oder Silber von mir verlangt. Aber du sollst den Preis haben, den du begehrst, es ist eine Kleinigkeit.« Und er zog seine Mütze vor ihr, verbeugte sich und rannte voll Freude zur Stadt zurück.

Die Hexe sah ihm nach, und als er ihren Blicken entschwunden war, ging sie in ihre Höhle, entnahm einem Kästchen aus geschnitztem Zedernholz einen Spiegel, stellte ihn auf einen Rahmen und verbrannte Verbene auf einem Kohlenfeuer davor. Dann spähte sie durch die Rauchschwaden und ballte nach einer Weile wütend die Fäuste. »Er hätte mein sein sollen«, murrte sie, »ich bin so schön wie sie.«

Am Abend, als der Mond aufgegangen war, stieg der junge Fischer auf den Berg und stand unter die Weißbuche. Wie ein runder Schild aus poliertem Metall lag das Meer zu seinen Füßen, und die Schatten der Fischerboote glitten über die kleine Bucht. Eine große Eule mit gelben Schwefelaugen rief ihn beim Namen, aber er antwortete nicht. Ein schwarzer Hund rannte knurrend auf ihn zu. Er schlug ihn mit einem Weidenzweig, und er entfernte sich jaulend.

Um Mitternacht kamen die Hexen wie Fledermäuse durch die Luft geflogen. »Puh!« riefen sie, als sie landeten, »hier ist jemand, den wir nicht kennen!« Und sie schnupperten und schwatzten und gestikulierten. Zuletzt kam die junge Hexe, und ihr rotes Haar flatterte im Wind. Sie trug ein Kleid aus Goldgewebe mit aufgestickten Pfauenaugen, und ein Mützchen aus grünem Samt saß auf ihrem Kopf.

»Wo ist er, wo ist er?« kreischten die Hexen, als sie sie sahen, aber sie rannte nur lachend zur Weißbuche, führte den Fischer an der Hand ins Mondlicht und begann zu tanzen.

Rundherum wirbelten sie, und die junge Hexe sprang so hoch, daß er ihre scharlachroten Absätze sah. Dann hörte man mitten durch die Tänzer ein Pferd galoppieren, aber sehen konnte man es nicht, und der Fischer hatte Angst.

»Schneller«, rief die Hexe, warf die Arme um seinen Hals, und ihr Atem war heiß auf seinem Gesicht. »Schneller, noch schneller!« rief sie, und die Erde schien sich unter seinen Füßen zu drehen, sein Hirn umwölbte sich, und ein großes Entsetzen befiel ihn, als beobachte ihn ein böses Wesen, und schließlich nahm er im Schatten eines Felsens eine fremde Gestalt wahr.

Es war ein Mann im schwarzen Samtanzug im spanischen Stil. Sein Gesicht war seltsam blaß, aber sein Mund wie eine stolze rote Blume. Er wirkte matt und spielte in zurückgelehnter Haltung gelangweilt mit seinem Dolchknauf. Auf dem Gras neben ihm lagen ein Federhut und ein Paar mit goldener Spitze besetzte Reithandschuhe, die mit Staubperlen in einem seltsamen Muster bestickt waren. Ein kurzer Mantel mit Zobelfutter hing ihm von der Schulter, und seine zarten weißen Hände waren mit Ringen geschmückt. Schwere Lider hingen ihm über die Augen. Der junge Fischer sah ihn an wie gebannt. Schließlich trafen sich ihre Blicke, und wo er auch tanzte, war es ihm, daß die Augen des Mannes auf ihm ruhten. Er hörte die Hexe lachen und packte sie um die Mitte und wirbelte sie wie toll herum. Plötzlich bellte ein Hund im Wald, die Tänzer hielten inne, traten paarweise an und küßten dem Mann kniend die Hände. Dabei rührte ein kleines Lächeln seinen stolzen Mund, wie ein Vogelflügel das Wasser streift und es davon zuckt. Aber es lag Verachtung darin. Er wandte den Blick nicht vom jungen Fischer.

»Komm! Laß uns ihm Ehre erweisen«, flüsterte die Hexe und führte ihn hin, und ein großes Verlangen, ihren Willen zu tun, befiel ihn, und er folgte ihr. Doch als er vor ihm stand, und ohne zu wissen warum, machte er auf seiner Brust das Kreuzeszeichen und rief den heiligen Namen an. Kaum hatte er dies getan, schrien die Hexen wie Falken und flogen davon, und das blasse Gesicht, das ihn beobachtet hatte, verzog sich vor Schmerz. Der Mann ging zu einem Wäldchen hinüber und pfiff. Ein spanisches Pony im Silbergeschirr rannte ihm entgegen. Als er in den Sattel sprang, drehte er sich um und sah den jungen Fischer traurig an.

Die rothaarige Hexe wollte auch wegfliegen, doch der Fischer packte sie an den Handgelenken und hielt sie fest.

»Laß mich los«, kreischte sie, »und laß mich gehen. Denn du hast genannt, was nicht genannt sein soll, und das Zeichen gezeigt, das nicht geschaut werden darf.«

»Nein«, antwortete er, »ich lass' dich erst gehen, wenn du mir das Geheimnis gesagt hast.«

»Welches Geheimnis?« sagte die Hexe und kämpfte mit ihm wie eine Wildkatze und biß sich auf die schäumenden Lippen.

»Du weißt es«, antwortete er.

Ihre grasgrünen Augen schwammen in Tränen, und sie sagte zum Fischer: »Frag mich alles, bloß nicht das!«

Er lachte nur und hielt sie noch fester.

Und als sie sah, daß sie nicht freikommen konnte, flüsterte sie ihm zu: »Ich bin doch sicher so schön wie die Töchter der See und so hübsch wie jene, die im blauen Wasser wohnen«, und sie schmeichelte ihm und hielt ihr Gesicht gegen seines.

Aber er stieß sie stirnrunzelnd zurück und sagte zu ihr: »Wenn du das Versprechen nicht hältst, das du mir gegeben hast, töte ich dich, falsche Hexe!«

Sie wurde grau wie eine Blüte des Judasbaums und erschauerte. »Dann soll es sein«, murmelte sie. »Es ist deine Seele, nicht meine. Tu damit, was du willst.« Und sie nahm aus ihrem Gürtel ein Messerchen mit einem Griff aus grüner Schlangenhaut und gab es ihm.

»Was soll ich damit?« staunte er.

Sie blieb ein paar Augenblicke stumm, und ein Blick des Entsetzens trat auf ihr Gesicht. Dann strich sie sich das Haar aus der Stirn und sagte mit seltsamem Lächeln zu ihm: »Was die Menschen den Schatten des Leibes heißen, ist nicht der Schatten des Leibes, sondern der Leib der Seele. Stell dich ans Ufer, mit dem Rücken gegen den Mond, und schneide dir um die Füße den Schatten weg, den Leib deiner Seele, und heiße deine Seele von dir gehen, sie wird es tun.«

Der junge Fischer zitterte. »Ist das wahr?« murmelte er.

»Es ist wahr, und ich wollte, ich hätte es dir nicht gesagt«, schrie sie und umklammerte weinend seine Knie.

Er löste ihren Griff und ließ sie im üppigen Gras zurück, dann ging er zum Rand des Bergs, steckte das Messer in seinen Gürtel und begann ins Tal abzusteigen.

Und seine Seele, die mit ihm war, rief ihn an und sagte: »Schau, ich habe all diese Jahre bei dir gewohnt und dir gedient. Schick mich jetzt nicht weg von dir, was habe ich dir denn Böses getan?«

Der junge Fischer lachte. »Du hast mir nichts Böses getan, aber ich brauche dich nicht«, antwortete er. »Die Welt ist weit, und es gibt auch Himmel und Hölle und das trübe Haus der Dämmerung dazwischen. Geh, wohin du willst, doch störe mich nicht, denn meine Liebste ruft mich.«

Und seine Seele flehte jämmerlich um Erbarmen, aber er achtete nicht auf sie und sprang sicher wie eine Gemse von Fels zu Fels, bis er schließlich ins Tal und zum gelben Meeresstrand kam. Bronzegliedrig und wohlgeformt wie eine griechische Statue stand er mit dem Rücken zum Mond auf dem Sand, und aus dem Schaum lockten ihn weiße Arme, und aus den Wellen tauchten schemenhafte Gestalten und huldigten ihm. Vor ihm lag sein Schatten, der Leib seiner Seele, und hinter ihm hing der Mond in der honiggelben Luft. Und die Seele sagte zu ihm: »Wenn du mich schon fortjagen mußt, schick mich nicht ohne Herz. Die Welt ist grausam, gib mir dein Herz mit auf den Weg.«

Er schüttelte lächelnd den Kopf. »Womit sollte ich meine Liebste lieben, wenn ich dir mein Herz gäbe?« rief er.

»Ach, hab doch Erbarmen«, sagte die Seele, »und gib mir dein Herz, denn die Welt ist sehr grausam, und ich habe Angst.«

»Mein Herz gehört meiner Liebsten«, antwortete er, »darum halte dich hier nicht länger auf und geh.«

»Darf ich nicht auch lieben?« fragte seine Seele.

»Verschwinde, ich brauche dich nicht!« rief der junge Fischer, nahm das Messerchen mit dem Schlangenhautgriff und schnitt seinen Schatten von den Füßen, und der stand vor ihm auf und schaute ihn an und war ganz wie er.

Er wich zurück, stieß das Messer in seinen Gürtel und spürte ein Grauen. »Geh jetzt«, murmelte er, »und laß dich nicht mehr blicken.«

»Nein, wir kommen wieder zusammen«, sagte die Seele. Ihre Stimme klang wie eine dunkle Flöte, und ihre Lippen bewegten sich kaum beim Sprechen.

»Wie denn das?« rief der junge Fischer. »Du willst mir doch nicht in die Tiefen der See folgen?«

»Einmal im Jahr komme ich an diesen Ort und rufe dich«, sagte die Seele. »Vielleicht wirst du mich brauchen.«

»Warum sollte ich dich brauchen?« rief der junge Fischer, »aber wie du willst«, und er sprang ins Wasser, die Tritonen bliesen auf ihren Hörnern, und die kleine Meerjungfrau stieg ihm entgegen, legte ihre Arme um seinen Hals und küßte ihn auf den Mund.

Und die Seele stand auf dem verlassenen Strand und beobachtete sie. Als sie im Meer verschwunden waren, ging sie weinend über die Sümpfe davon.

Als ein Jahr um war, kam die Seele herunter zum Strand und rief den jungen Fischer, und er stieg aus der Tiefe und fragte: »Warum rufst du mich?«

Die Seele antwortete: »Komm näher, damit ich mit dir reden kann, denn ich habe Wunderdinge gesehen.«

Also kam er näher, kauerte sich ins flache Wasser, stützte seinen Kopf in die Hand und hörte zu.

Und die Seele sagte zu ihm: »Als ich von dir ging, wandte ich mich nach Osten und machte mich auf den Weg. Aus dem Osten kommt alle Weisheit. Sechs Tage lang reiste ich, und am Morgen des siebten Tags kam ich zu einem Hügel im Land der Tataren. Ich setzte mich in den Schatten einer Tamariske, um mich vor der Sonne zu schützen. Das Land war trocken und von der Hitze versengt. Die Leute bewegten sich über die Ebene wie Fliegen, die auf einer glatten Kupferscheibe kriechen.

Um die Mittagszeit stieg eine rote Staubwolke am flachen Horizont auf. Als die Tataren sie sahen, spannten sie ihre bunten Bogen; sie sprangen auf ihre kleinen Pferde und ritten ihr entgegen. Die Frauen flohen kreischend zu den Wagen und versteckten sich hinter den Filzvorhängen.

In der Dämmerung kehrten die Tataren zurück, aber fünf von ihnen fehlten, und von den Zurückgekehrten waren nicht wenige verwundet. Sie spannten ihre Pferde vor die Wagen und fuhren hastig davon. Drei Schakale kamen aus einer Höhle und spähten ihnen nach. Dann prüften sie mit ihren Nasen die Luft und trabten in die andere Richtung.

Als der Mond aufging, sah ich ein Lagerfeuer in der Ebene und ging darauf zu. Eine Gruppe Kaufleute saß auf Teppichen darum herum. Ihre Kamele waren hinter ihnen angepflockt, und ihre schwarzen Sklaven stellten auf dem Sand Zelte aus gegerbten Häuten auf und errichteten eine hohe Mauer aus Feigenkaktus.

Als ich näher kam, stand der Anführer der Kaufleute auf, zog sein Schwert und fragte mich nach meinen Absichten.

Ich antwortete, ich sei in meinem Land ein Prinz und den Tataren entwischt, die mich versklaven wollten. Der Anführer lächelte und zeigte mir fünf Köpfe auf langen Bambusstecken.

Dann fragte er mich, wer Gottes Prophet sei, und ich antwortete: ›Mohammed.‹

Als er den Namen des falschen Propheten hörte, verneigte er sich, nahm mich an der Hand und setzte mich an seine Seite. Ein Schwarzer brachte mir Stutenmilch in einer Holzschüssel und ein Stück gebratenes Lammfleisch.

Bei Morgengrauen brachen wir auf. Ich ritt auf einem rothaarigen Kamel neben dem Anführer, und vor uns rannte ein Läufer mit einem Speer. Auf beiden Seiten waren die Krieger, und die Maultiere folgten mit der Ware. Vierzig Kamele waren in der Karawane, und Maultiere waren es zweimal vierzig.

Aus dem Land der Tataren reisten wir ins Land der Mondflucher. Wir sahen die

Greife auf den weißen Felsen ihr Gold bewachen und die schuppigen Drachen in ihren Höhlen schlafen. Als wir über die Berge gingen, ließ uns die Aussicht auf Schnee den Atem stocken, und jedermann band sich einen Schleier vor die Augen. Als wir durch die Täler der Pygmäen zogen, beschossen sie uns aus den hohlen Baumstämmen mit Pfeilen, und nachts hörten wir die Wilden die Trommel schlagen. Als wir zum Affenturm kamen, setzten wir den Tieren Früchte vor, und sie taten uns nichts. Als wir zum Schlangenturm kamen, gaben wir ihnen warme Milch in Messingschalen, und sie ließen uns durch. Dreimal kamen wir zu den Ufern des Oxus auf unserer Reise. Wir überquerten ihn auf Holzflößen mit großen Ballonen voll aufgeblasener Haut. Die Flußpferde wüteten gegen uns und wollten uns töten. Die Kamele zitterten bei ihrem Anblick.

Die Könige jeder Stadt belegten uns mit Zöllen, wollten uns aber nicht ihre Tore öffnen. Sie warfen Brot für uns über die Mauern, kleine, in Honig gebackene Maisschnitten und Kuchen aus feinem Mehl, die mit Datteln gefüllt waren. Für je hundert Körbe gaben wir ihnen eine Bernsteinperle.

Wenn die Dorfbewohner uns kommen sahen, vergifteten sie die Brunnen und flohen in die Berge. Wir kämpften mit den Magadern, die alt geboren und von Jahr zu Jahr jünger werden, bis sie als Kleinkinder sterben. Mit den Laktroiern, die sich für die Söhne der Tiger halten und sich schwarz und gelb anmalen. Mit den Aurantiern, die ihre Toten in die Baumwipfel legen und in dunklen Höhlen hausen, damit die Sonne, ihr Gott, sie nicht mit dem Tod straft. Mit den Krimniern, die ein Krokodil anbeten, ihm Ohrringe aus grünem Glas geben und es mit Butter und frischem Geflügel füttern. Mit den hundegesichtigen Agazonbäern und mit den pferdefüßigen Sibern, die schneller laufen als Pferde. Ein Drittel unserer Gesellschaft starb in der Schlacht, ein Drittel an Hunger. Die übrigen murrten gegen mich und sagten, ich hätte ihnen Unglück gebracht. Ich zog eine Klapperschlange unter einem Stein hervor und ließ sie mich beißen. Als sie sahen, daß ich nicht krank wurde, bekamen sie Angst.

Im vierten Monat erreichten wir die Stadt Illel. Es war Nacht, als wir zum Hain vor den Mauern kamen, und die Luft war schwül, denn der Mond stand im Skorpion. Wir pflückten die reifen Granatäpfel von den Bäumen, brachen sie und tranken ihren süßen Saft. Dann legten wir uns auf unsere Teppiche und warteten auf das Morgengrauen.

Bei Morgengrauen standen wir auf und klopften an das Stadttor. Es war aus roter Bronze getrieben und mit Meeresdrachen und geflügelten Drachen geschmückt. Die Wachen sahen von den Zinnen auf uns herab und fragten nach unseren Absichten. Der Dolmetscher der Karawane antwortete, wir kämen aus Syrien mit viel Ware. Sie nahmen Geiseln, sagten, sie würden uns das Tor am Mittag öffnen, und hießen uns warten.

Als es Mittag war, öffneten sie das Tor, und die Leute drängten sich aus ihren Häusern, um unsern Einzug zu beobachten, und ein Ausrufer ging durch die Stadt und blies auf einer Muschel. Wir standen auf dem Marktplatz, und die Schwarzen schnürten die Ballen mit gemusterten Stoffen auf und öffneten die geschnitzten Sykomor-Truhen. Und als sie fertig waren, legten die Kaufleute ihre exotischen Waren aus: das gewachste Leinen aus Ägypten und das bemalte aus dem Land der Äthiopier, die Purpurschwämme aus Tyrus und die blauen Wandbehänge aus Sidon, die Becher aus kaltem Bernstein, die schönen Gefäße aus Glas und die seltsamen aus gebranntem Ton. Von einem Hausdach herab beobachteten uns einige Frauen. Eine trug eine Maske aus vergoldetem Leder.

Am ersten Tag kamen die Priester und feilschten mit uns, am zweiten Tag kamen die Adligen und am dritten die Handwerker und Sklaven. So halten sie es mit allen Kaufleuten, solange sie in der Stadt sind.

Wir blieben einen Monat, und als der Mond abnahm, hatte ich genug und schlenderte davon, durch die Straßen der Stadt, bis ich zum Garten ihres Gottes gelangte. Die Priester in ihren gelben Gewändern wandelten stumm zwischen den grünen Bäumen, und auf schwarzem Marmorboden stand das rosenrote Haus, wo der Gott seine Wohnstatt hatte. Die Türen waren aus bestäubtem Lack, darauf waren Stiere und Pfauen aus erhabenem, glänzendem Gold. Das Ziegeldach war aus meergrünem Porzellan, und Glöckchen zierten die Dachvorsprünge. Wenn die weißen Tauben vorüberflogen, brachten sie die Glokken mit ihren Flügeln zum Klingeln.

Vor dem Tempel war ein Becken mit reinem Wasser, das mit geädertem Onyx gekachelt war. Ich legte mich daneben und berührte das massive Gestein mit meinen blassen Fingern. Einer der Priester kam auf mich zu und blieb hinter mir stehen. Er trug Sandalen an den Füßen, die eine aus weichem Schlangenleder, die andere aus Vogelfedern. Auf dem Kopf trug er eine Mitra aus schwarzem Filz, geschmückt mit silbernen Halbmonden. Sieben Gelbtöne waren in sein Gewand verwoben, und sein Kraushaar war mit Antimon gefärbt.

Bald sprach er mich an und fragte mich, was ich wollte.

Ich sagte ihm, ich wolle den Gott sehen.

›Der Gott ist auf der Jagd‹, sagte der Priester und sah mich mit seinen Schlitzaugen merkwürdig an.

›Sag mir in welchem Wald, und ich reite mit ihm‹, antwortete ich.

Er strich mit seinen langen, spitzen Nägeln die weichen Fransen seines Rocks glatt. ›Der Gott schläft‹, murmelte er.

›Sag mir auf welchem Lager, und ich halte neben ihm Wache‹, antwortete ich.

›Der Gott ist am Fest‹, rief er.

›Ist der Wein süß, will ich ihn mit ihm trinken, und wenn er bitter ist, trink' ich ihn auch mit ihm‹, war meine Antwort.

Er senkte verwundert den Kopf, zog mich an der Hand auf und führte mich in den Tempel.

Im ersten Raum sah ich ein Idol auf einem Jaspisthron sitzen, der mit großen orientalischen Perlen gesäumt war. Es war aus Ebenholz geschnitzt und so groß wie ein Mensch. Auf seiner Stirn funkelte ein Rubin, und dickes Öl tropfte von seinem Haar auf die Schenkel. Seine Füße waren rot vom Blut eines frisch geopferten Zickleins, und seine Lenden umspannte ein Kupfergürtel, der mit sieben Beryllen beschlagen war.

Ich fragte den Priester: ›Ist das der Gott?‹ Und er gab zur Antwort: ›Das ist der Gott.‹

›Zeig mir den Gott‹, schrie ich, ›oder ich sag' dir, ich töte dich.‹ Und ich berührte seine Hand, und sie wurde welk.

Der Priester flehte mich an: ›Herr, laßt Euren Diener gesunden, und ich will Euch den Gott zeigen.‹

Darauf hauchte ich auf seine Hand, und sie wurde wieder ganz, und er zitterte und führte mich in den zweiten Raum, wo ich ein Idol auf einer Lotosblume aus Jade stehen sah, die mit großen Smaragden behängt war. Es war aus Elfenbein geschnitzt und doppelt so groß wie ein Mensch. Auf seiner Stirn funkelte ein Chrysolith, und seine Brust war mit Myrrhe und Zimt eingerieben. In der einen Hand hielt es ein krummes Zepter aus Jade, in der andern einen runden Kristall. Es trug Halbstiefel aus Erz, und um den dicken Hals lag ein Mondsteinband.

Ich fragte den Priester: ›Ist das der Gott?‹ Und er gab zur Antwort: ›Das ist der Gott.‹

›Zeig mir den Gott‹, schrie ich, ›oder ich sag' dir, ich töte dich.‹ Und ich berührte seine Augen, und sie wurden blind.

Der Priester flehte mich an: ›Herr, laßt Euren Diener gesunden, und ich will Euch den Gott zeigen.‹

Darauf hauchte ich auf seine Augen, und ihre Sehkraft kam zurück, und er zitterte wieder und führte mich in den dritten Raum, und siehe, darin war kein Idol noch irgendein Bild, nur ein runder Metallspiegel auf einem Steinaltar.

Und ich fragte den Priester: ›Wo ist der Gott?‹

Er gab zur Antwort: ›Es gibt keinen Gott als diesen Spiegel hier, denn dies ist der Spiegel der Weisheit. Er spiegelt alles, was im Himmel und auf Erden ist, nur nicht das Gesicht des Betrachters. Das spiegelt er nicht, damit, wer hineinschaut, weise wird. Es gibt noch viele andere Spiegel, aber sie spiegeln die Ansichten. Es gibt nur einen Spiegel der

Weisheit. Und wer diesen Spiegel besitzt, weiß alles, und nichts bleibt ihm verborgen. Wer ihn aber nicht besitzt, hat keine Weisheit. Darum ist er der Gott, und wir beten ihn an.‹ Und ich schaute in den Spiegel, und es war, wie er mir gesagt hatte.

Darauf tat ich etwas Seltsames, doch was, ist nicht wichtig, denn in einem Tal, nur eine Tagereise von hier, habe ich den Spiegel der Weisheit versteckt. Laß mich nur wieder in dich treten und dir dienen, dann wirst du weiser sein als alle Weisen, und die Weisheit wird dir gehören. Laß mich in dich treten, und niemand wird so weise wie du sein.«

Aber der junge Fischer lachte. »Liebe ist besser als Weisheit«, rief er, »und die kleine Meerjungfrau liebt mich.«

»Nein, es gibt nichts Besseres als die Weisheit«, sagte die Seele.

»Die Liebe ist besser«, beharrte der junge Fischer und verschwand in der Tiefe, und die Seele ging weinend über die Sümpfe davon.

Als das zweite Jahr um war, kam die Seele herunter zum Strand und rief den jungen Fischer, und er stieg aus der Tiefe und fragte: »Was rufst du mich?«

Die Seele antwortete: »Komm näher, damit ich mit dir reden kann, denn ich habe Wunderdinge gesehen.«

Also kam er näher, kauerte sich ins untiefe Wasser, stützte seinen Kopf in die Hand und hörte zu.

Und die Seele sagte zu ihm: »Als ich von dir ging, wandte ich mich nach Süden und machte mich auf den Weg. Aus dem Süden kommt alles Kostbare. Sechs Tage lang reiste ich über die Straßen zur Stadt Ashter, auf den staubigen roten Straßen, wo die Pilger ziehen, war ich unterwegs, und am Morgen des siebenten Tags schlug ich die Augen auf, und siehe da!, die Stadt lag zu meinen Füßen, denn sie ist unten im Tal.

Neun Tore führen zu dieser Stadt, und vor jedem steht ein Bronzepferd, das wiehert, wenn die Beduinen von den Bergen kommen. Die Mauern sind mit Kupfer verkleidet, und die Wachttürme auf den Mauern haben Bronzedächer. Auf jedem Turm steht ein Bogenschütze. Bei Sonnenaufgang schickt er einen Pfeil auf einen Gong, und bei Sonnenuntergang bläst er durch ein hörnernes Horn.

Als ich hineinwollte, hielten die Wachen mich an und fragten mich, wer ich sei. Ich antwortete, ich sei ein Derwisch und unterwegs nach Mekka, dort gebe es einen grünen Schleier, auf den der Koran von Engelshand in Silberlettern gestickt sei. Sie waren voll Staunen und baten mich herein.

Drinnen ist es wie auf einem Bazar. Wärst du doch bei mir gewesen. Über den engen Straßen flattern die bunten Papierlaternen wie große Schmetterlinge. Wenn der Wind über die Dächer bläst, steigen und fallen sie wie Seifenblasen. Vor ihren Buden sitzen die Kaufleute auf Seidenteppichen. Sie haben gerade schwarze Bärte, ihre Turbane sind mit goldenen Ziermünzen besetzt, und durch ihre kühlen Finger gleiten lange Bernsteinschnüre und geschnitzte Pfirsichsteine. Manche verkaufen Galbanum und Nardensalbe, seltsame Düfte von den Inseln des Indischen Ozeans, das dicke Öl roter Rosen, Myrrhe und kleine nagelförmige Nelken. Wenn man anhält, um mit ihnen zu sprechen, sprenkeln sie Weihrauch auf eine Kohlenpfanne und parfümieren die Luft. Ich sah einen Syrer, der ein dünnes schilfartiges Rohr in der Hand hielt. Es entließ graue Rauchschwaden und roch beim Verbrennen wie die rosa Mandelblüte im Frühling. Andere Händler verkaufen Silberreifen, die über und über mit milchblauen Türkisen besetzt sind, Fußspangen aus Messingdraht, gesäumt mit kleinen Perlen, Tigerklauen in Goldfassung und ebenso die Krallen der goldenen Leopardenkatze, Ohrringe aus durchstochenen Smaragden und Fingerringe aus gehöhlter Jade. Aus den Teehäusern kommen Gitarrenklänge, und die Opiumraucher mit ihren lächelnden weißen Gesichtern schauen zu den Passanten hinaus.

Wahrhaftig, du hättest bei mir sein sollen. Die Weinhändler bahnen sich mit großen schwarzen Schläuchen auf den Schultern einen Weg durch die Menge. Die meisten verkaufen Wein aus Schiras, der honigsüß ist. Sie reichen ihn in kleinen Zinnbechern und streuen Rosenblätter darauf. Auf dem Marktplatz stehen die Obstverkäufer und bieten allerhand Früchte an: reife Feigen mit ihrem gequetschten Purpurfleisch, topasgelbe Melonen, die nach Moschus riechen, Zitronen und Rosenäpfel und weiße Traubenberge, rotgoldene runde Orangen und längliche grüngoldene Limonen. Einmal sah ich einen Elefanten vorbeigehen. Sein Rüssel war mit Zinnober und Gelbwurz gefärbt, und über den Ohren trug er ein Netz aus scharlachroter Seidenschnur. Er blieb vor einem Stand stehen und begann die Orangen zu fressen, und der Mann lachte nur. Du kannst dir nicht vorstellen, wie seltsam diese Menschen sind. Wenn sie froh sind, gehen sie zu den Vogelhändlern, kaufen ihnen einen gefangenen Vogel ab und lassen ihn frei, um noch froher zu sein, und sind sie traurig, quälen sie sich mit Dornen, damit ihr Schmerz nicht geringer wird.

Eines Abends begegnete ich ein paar Schwarzen, die eine schwere Sänfte über den Bazar trugen. Sie war aus vergoldetem Bambus, die Stangen aus zinnoberrotem Lack, mit Pfauen aus Messing beschlagen. Vor den Fenstern hingen dünne Musselinvorhänge, mit Käferflügeln und kleinen Staubperlen bestickt, und als sie vorüberzog, schaute eine bleiche Zirkassierin heraus und lächelte mir zu. Ich folgte, und die Schwarzen beschleunigten grollend ihren Schritt. Aber es war mir gleichgültig. Ich spürte eine große Neugier über mich kommen.

Schließlich hielten sie vor einem viereckigen weißen Haus. Es hatte keine Fenster, nur eine kleine Tür wie zu einem Grab. Sie stellten die Sänfte ab und klopften dreimal mit einem Kupferhammer. Ein Armenier in einem grünen Lederkaftan spähte durch den Türflügel, und als er sie erkannte, öffnete er, rollte auf dem Boden einen Teppich aus, und die Frau trat heraus. Beim Hineingehen drehte sie sich um und lächelte mir noch einmal zu. Ich hatte nie ein blasseres Gesicht gesehen.

Als der Mond aufging, kehrte ich an denselben Ort zurück und suchte nach dem Haus, doch es war nicht mehr dort. Als ich dies sah, wußte ich, wer die Frau war und warum sie mir zugelächelt hatte.

Wärst du doch bei mir gewesen. Am Neumondsfest kam der junge Kaiser aus seinem Palast und ging in die Moschee zum Gebet. Sein Haar und sein Bart waren mit Rosenblüten gefärbt und seine Wangen mit feinem Goldstaub gepudert. Seine Fußsohlen und Handflächen waren safrangelb.

Bei Sonnenaufgang trat er im Silbergewand aus seinem Palast, und bei Sonnenuntergang kehrte er in einer goldenen Robe dorthin zurück. Die Menschen warfen sich auf den Boden und verhüllten ihr Gesicht, aber ich tat nichts dergleichen. Ich stand neben der Bude eines Dattelhändlers und wartete. Als der Kaiser mich sah, zog er seine gefärbten Brauen hoch und wartete. Ich stand stockstill und erwies ihm keine Reverenz. Die Leute staunten über meine Kühnheit und rieten mir zur Flucht aus der Stadt. Ich hörte nicht auf sie, sondern setzte mich zu den Händlern, die fremde Götzen verkaufen und wegen ihres Gewerbes verachtet sind. Als ich ihnen erzählte, was ich getan hatte, gaben alle mir einen Gott und baten mich wegzugehen.

Als ich in jener Nacht im Teehaus an der Straße der Granatäpfel auf einem Kissen lag, kamen die kaiserlichen Wachen und führten mich zum Palast. Als ich ihn betrat, schlossen sie jede Tür hinter mir und legten eine Kette davor. Drinnen war ein großer Hof, um den ein Säulengang lief. Die Wände waren aus weißem Alabaster, da und dort mit blauen und grünen Kacheln durchsetzt. Die Säulen waren aus grünem und die Pflästerung aus Pfirsichblütenmarmor. Ich hatte nie dergleichen gesehen.

Als ich über den Hof ging, blickten zwei verschleierte Frauen von einem Balkon herab und verfluchten mich. Die Wachen eilten vor mir her, und die Speerschäfte klirrten auf dem glatten Boden. Sie öffneten ein Tor aus geschnitztem Elfenbein, und ich fand mich in einem bewässerten Garten mit sieben Terrassen wieder. Er war mit Tulpenkelchen, Mohn und silberbesetzten Aloen bepflanzt. Wie eine schlanke Kristallgerte hing ein Quell im Dämmerlicht. Die Zypressen waren wie ausgebrannte Fackeln. Von einer sang eine Nachtigall.

Zuhinterst im Garten stand ein kleiner Pavillon. Als wir uns ihm näherten, kamen uns zwei Eunuchen entgegen. Ihre fetten Leiber wackelten beim Gehen, und sie warfen mir mit ihren gelblidrigen Augen neugierige Blicke zu. Einer zog den Hauptmann der Wache beiseite und flüsterte ihm etwas zu. Der andere kaute andauernd parfümierte Pastillen, die er geziert einer ovalen lila Schachtel entnahm.

Nach ein paar Augenblicken entließ der Wachthauptmann die Soldaten. Sie gingen zum Palast zurück, die Eunuchen folgten gemächlich und pflückten im Vorbeigehen die süßen Maulbeeren von den Bäumen. Einmal drehte sich der ältere um und warf mir ein bösartiges Lächeln zu.

Dann wies mich der Wachthauptmann zum Eingang des Pavillons. Ich schritt ohne Zögern voran, zog den schweren Vorhang beiseite und trat ein.

Der junge Kaiser lag hingestreckt auf gefärbten Löwenfellen, ein Geierfalke saß auf seinem Handgelenk. Hinter ihm stand ein Nubier im Bronzeturban, nackt bis zur Lende, mit schweren Ohrringen in den geschlitzten Ohren. Auf einem Tisch neben dem Diwan lag ein mächtiger Krummsäbel aus Stahl.

Als der Kaiser mich sah, zog er die Brauen hoch und sagte: ›Wie heißt du? Weißt du nicht, daß ich der Kaiser dieser Stadt bin?‹ Doch ich antwortete nicht.

Er zeigte auf den Säbel, der Nubier packte ihn, sprang vor und schlug mich mit großer Wucht. Die Klinge fuhr durch mich hindurch, ohne mir zu schaden. Der Mann fiel vornüber zu Boden, und als er wieder aufstand, klapperten seine Zähne vor Entsetzen, und er versteckte sich hinter dem Diwan.

Der Kaiser sprang auf die Füße, nahm eine Lanze aus einem Waffenständer und warf sie nach mir. Ich griff sie im Flug und brach den Schaft entzwei. Er schoß mit einem Pfeil auf mich, aber ich hielt meine Hände hoch, und er blieb in der Luft stehen. Dann zog er einen Dolch aus einem weißen Ledergurt und durchstach dem Nubier die Kehle, damit der Sklave seine Schande nicht verraten konnte. Der Mann zappelte wie eine zertretene Schlange, und roter Schaum trat auf seine Lippen.

Kaum war er gestorben, wandte sich der Kaiser an mich, trocknete sich mit einem kleinen Spitzentuch aus purpurroter Seide den glänzenden Schweiß von der Stirn und sagte: ›Bist du ein Prophet, daß ich dir nicht schaden, oder der Sohn eines Propheten, daß ich dich nicht verwunden kann? Ich bitte dich, verlaß meine Stadt heute nacht, denn solange du darin bist, bin ich nicht mehr ihr Herr.‹

Und ich antwortete: ›Ich gehe um die Hälfte von deinem Schatz. Gib mir die Hälfte deines Schatzes, und ich werde gehen.‹

Er nahm mich an der Hand und führte mich in den Garten hinaus. Als der Wachthauptmann mich sah, staunte er. Als die Eunuchen mich sahen, zitterten ihre Knie, und sie warfen sich ängstlich zu Boden.

Im Palast gab es einen Saal mit acht Wänden aus rotem Porphyr und einer Decke aus Bronzeplatten, von der Leuchter hingen. Der Kaiser berührte eine Wand, sie öffnete sich, und wir schritten einen Gang hinunter, der mit vielen Fackeln erhellt war. In den Nischen zu beiden Seiten standen große Weinkrüge, bis zum Rand mit Silbermünzen gefüllt. Als wir in der Mitte des Gangs waren, sprach der Kaiser das Wort, das nicht gesagt werden darf, eine Tür aus Granit schwang auf einer verborgenen Feder zurück, und er bedeckte zum Schutz vor dem gleißenden Licht die Augen.

Du kannst dir nicht vorstellen, welche Wunder dieser Ort barg. Riesige Schildkrötenpanzer waren mit Perlen gefüllt und mächtige hohle Mondsteine voll roter Rubine. Das Gold wurde in Truhen, die mit Elefantenhaut bespannt waren, gehortet und der Goldstaub in Lederflaschen aufbewahrt. Es gab Opale in Kristallbechern und Saphire in Bechern aus Jade. Runde grüne Smaragde waren auf feinen Elfenbeintellern ausgelegt, und in einer Ecke standen Seidentaschen, teils mit Türkisen, teils mit Beryllen gefüllt. In den Hörnern aus Elfenbein häuften sich purpurne Amethyste und in den Hörnern aus Erz Chalzedone und Sarder. Die Zedernholzsäulen waren mit Schnüren von Luchssaphir behängt. In den flachen ovalen Schilden lagen Karfunkel, weinrot und grasgrün. Aber ich habe dir nur ein Zehntel dessen genannt, was da war.

Als der Kaiser seine Hände vom Gesicht genommen hatte, sagte er zu mir: ›Dies ist meine Schatzkammer, und die Hälfte davon soll dir gehören, wie ich es versprochen habe. Ich gebe dir auch Kamele und Kameltreiber, die dir gehorchen und deinen Schatz an jeden Ort der Welt bringen sollen, den du bestimmst. Und es soll heute nacht geschehen, denn ich will nicht, daß mein Vater, der Sonnengott, sieht, daß sich in meiner Stadt ein Mann aufhält, den ich nicht töten kann.‹

Doch ich antwortete: ›Das Gold hier gehört dir und das Silber auch, ebenso wie die kostbaren Juwelen und Preziosen. Ich habe dafür keine Verwendung. Und ich will dir auch sonst nichts nehmen außer dem kleinen Ring, der da an deinem Finger steckt.‹

Der Kaiser runzelte die Stirn. ›Es ist nur ein Bleiring‹, sagte er, ›und ohne Wert. Darum nimm die Hälfte des Schatzes und verlaß meine Stadt.‹

›Nein‹, antwortete ich, ›ich will nichts außer dem Bleiring, denn ich weiß, was darin steht und wozu.‹

Der Kaiser zitterte und flehte mich an: ›Nimm meinen ganzen Schatz und verlaß meine Stadt. Ich gebe dir meine Hälfte dazu.‹

Und ich tat etwas Seltsames, was genau, ist nicht wichtig, denn in einer Höhle, nur eine Tagereise von hier, habe ich den Ring des Reichtums versteckt. Er liegt nur eine Tagereise von hier und wartet auf dich. Wer diesen Ring besitzt, ist reicher als alle Könige der Welt. Komm deshalb und nimm ihn, und alle Schätze der Welt gehören dir.«

Aber der junge Fischer lachte. »Liebe ist besser als Reichtum«, sagte er, »und die kleine Meerjungfrau liebt mich.«

»Nein, es gibt nichts Besseres als Reichtum«, sagte die Seele.

»Die Liebe ist besser«, beharrte der junge Fischer und verschwand in der Tiefe, und die Seele ging weinend über die Sümpfe davon.

Als das dritte Jahr um war, kam die Seele herunter zum Strand und rief den jungen Fischer, und er stieg aus der Tiefe und sagte: »Was rufst du mich?«

Die Seele antwortete: »Komm näher, damit ich mit dir reden kann, denn ich habe Wunderdinge gesehen.«

Also kam er näher, kauerte sich ins flache Wasser, stützte seinen Kopf in die Hand und hörte zu.

Und die Seele sagte zu ihm: »In einer Stadt, die ich kenne, steht ein Gasthof am Fluß. Ich saß da mit Matrosen, die Weine zweier Farben tranken, Gerstenbrot aßen und kleinen Salzfisch, der in Lorbeerblättern mit Essig gereicht wurde. Und als wir dasaßen und zechten, trat ein alter Mann mit einem Lederteppich und einer Laute mit zwei Bernsteinwirbeln ein. Als er den Teppich auf den Boden gelegt hatte, schlug er mit einem Federkiel die Laute an, und ein Mädchen mit verschleiertem Gesicht rannte herein und begann, vor uns zu tanzen. Ihr Gesicht war hinter einem Gazeschleier verborgen, doch ihre Füße waren nackt. Nackt waren ihre Füße, und sie huschten über den Teppich wie weiße Täubchen. Nie habe ich etwas so Schönes gesehen, und die Stadt, wo sie tanzt, ist nur eine Tagereise von hier.«

Als der junge Fischer die Worte seiner Seele vernahm, fiel ihm ein, daß die kleine Meerjungfrau keine Füße hatte und nicht tanzen konnte. Und ein großes Verlangen kam über ihn, und er sagte sich: »Es ist bloß eine Tagereise, und ich kann zu meiner Liebsten zurück«, und er lachte, erhob sich aus dem flachen Wasser und schritt zum Strand.

Als er das trockene Ufer erreicht hatte, lachte er wieder und streckte seiner Seele die Arme entgegen. Und seine Seele jubelte laut, rannte ihm entgegen und fuhr in ihn, und der junge Fischer sah vor sich jenen Schatten des Leibes liegen, welcher der Leib der Seele ist.

Darauf sagte seine Seele zu ihm: »Wir wollen gleich gehen, denn die Meeresgötter sind eifersüchtig und gebieten Ungeheuern, die ihnen gehorchen.«

Also beeilten sie sich und reisten die ganze Nacht unter dem Mond und den ganzen folgenden Tag unter der Sonne, bis sie am Abend zu einer Stadt kamen.

Der junge Fischer fragte seine Seele: »Ist dies die Stadt, wo die Frau tanzt, von der du mir erzählt hast?«

Und seine Seele antwortete: »Nein, es ist nicht diese Stadt. Aber gehen wir trotzdem hinein.«

Also gingen sie hinein und durch die Straßen, und als sie durch die Straße der Juweliere kamen, sah der junge Fischer in einer Bude einen schönen Silberbecher.

Seine Seele sagte zu ihm: »Nimm diesen Silberbecher und versteck ihn.«

Und er nahm den Becher, barg ihn in den Falten seines Gewands, und sie eilten aus der Stadt.

Als sie eine Meile außerhalb waren, warf der Fischer den Becher mit finsterer Miene weg und sagte zu seiner Seele: »Warum hast du gesagt, ich soll diesen Becher nehmen und ihn verstecken? Das war doch eine schlechte Tat.«

Seine Seele antwortete nur: »Sei nur ruhig, ganz ruhig.«

Am Abend des zweiten Tags kamen sie zu einer Stadt, und der junge Fischer sagte zu seiner Seele: »Ist dies die Stadt, wo die Frau tanzt, von der du mir erzählt hast?«

Und seine Seele antwortete: »Nein, es ist nicht diese Stadt. Aber gehen wir trotzdem hinein.«

Also gingen sie hinein und durch die Straßen, und als sie durch die Straße der Sandalenverkäufer kamen, sah der junge Fischer ein Kind bei einem Wasserkrug stehen. Und seine Seele sagte zu ihm: »Schlag dieses Kind.« Und er schlug das Kind, bis es weinte, und danach eilten sie aus der Stadt.

Als sie eine Meile außerhalb waren, wurde der junge Fischer zornig und sagte zu seiner Seele: »Warum hast du gesagt, ich soll das Kind schlagen? Das war doch eine schlechte Tat.«

Seine Seele antwortete nur: »Sei nur ruhig, ganz ruhig.«

Am Abend des dritten Tags kamen sie zu einer Stadt, und der junge Fischer sagte zu seiner Seele: »Ist dies die Stadt, wo die Frau tanzt, von der du mir erzählt hast?«

Und seine Seele antwortete: »Vielleicht ist es die Stadt, gehen wir einmal hinein.«

Also gingen sie hinein und durch die Straßen, aber nirgends fand der junge Fischer den Fluß oder den Gasthof an seinem Ufer. Und die Leute der Stadt sahen ihn neugierig an, und er bekam Angst und sagte zu seiner Seele: »Gehen wir, denn die weißfüßige Tänzerin ist nicht hier.«

Doch seine Seele antwortete: »Nein, bleiben wir, denn die Nacht ist dunkel, und Räuber werden uns auflauern.«

Darum setzte er sich auf dem Marktplatz nieder und ruhte aus, und nach einer Weile ging ein Kaufmann in einem Kapuzenmantel aus orientalischer Seide vorbei, der am Ende eines Schilfrohrs eine Laterne aus durchbohrtem Horn trug. Der Kaufmann sagte: »Was sitzt du hier auf dem Marktplatz, wo du doch siehst, die Buden sind zu und die Ballen verschnürt?«

Der junge Fischer antwortete: »Ich finde keinen Gasthof in dieser Stadt und habe auch keinen Verwandten, der mich aufnehmen könnte.«

»Sind wir nicht alle verwandt?« sagte der Kaufmann. »Hat nicht ein Gott uns erschaffen? Darum komm mit mir, denn ich habe ein Gastzimmer.«

Der junge Fischer stand auf und folgte dem Kaufmann zu seinem Haus. Und als er durch einen Granatapfelgarten gegangen war und das Haus betreten hatte, brachte ihm der Kaufmann in einer Kupferschüssel Rosenwasser, um sich die Hände zu waschen, und reife Melonen gegen den Durst und setzte ihm eine Schüssel Reis und ein Stück Zickleinbraten vor.

Als er satt war, führte ihn der Kaufmann ins Gastzimmer und hieß ihn getrost schlafen. Der junge Fischer dankte ihm, küßte den Ring an seiner Hand; und warf sich auf die Teppiche aus gefärbtem Ziegenhaar. Und als er die Decke aus schwarzer Schafwolle über sich gezogen hatte, schlief er ein.

Drei Stunden vor Tagesanbruch, als es noch dunkel war, weckte ihn seine Seele und sagte zu ihm: »Steh auf und geh zum Zimmer des Kaufmanns, bis in sein Schlafgemach, töte ihn und nimm sein Gold, denn wir brauchen es.«

Der junge Fischer stand auf und schlich zum Zimmer des Kaufmanns, und über den Füßen des Kaufmanns lag ein Krummschwert, und auf dem Brett daneben waren neun Beutel Gold. Und er streckte die Hand aus und berührte das Schwert, und als er es berührte, zuckte der Kaufmann zusammen und erwachte. Er sprang auf, packte selber das Schwert und schrie den jungen Fischer an: »Willst du Gutes mit Bösem vergelten und die Freundlichkeit, die ich dir erwies, mit Blutvergießen lohnen?«

Und die Seele sagte zum jungen Fischer: »Schlag ihn«, und er schlug ihn so, daß er umsank, packte die neun Goldbeutel und floh durch den Granatapfelgarten, das Gesicht gegen den Morgenstern gewandt.

Als sie eine Meile vor der Stadt waren, schlug sich der junge Fischer auf die Brust und sagte zu seiner Seele: »Warum hast du mich geheißen, den Kaufmann zu töten und ihm sein Gold zu nehmen? Du bist wahrhaft böse.«

Doch seine Seele antwortete ihm: »Sei nur ruhig, ganz ruhig.«

»Nein«, rief der junge Fischer. »Ich kann nicht ruhig sein, denn ich hasse alles, wozu du mich getrieben hast. Dich hasse ich auch, und du sollst mir sagen, warum du so mit mir umgesprungen bist.«

Und seine Seele antwortete ihm: »Als du mich fortgeschickt hast in die Welt, hast du mir kein Herz mitgegeben, und so lernte ich all dies tun und es gerne tun.«

»Was sagst du da?« murmelte der junge Fischer.

»Du weißt es«, antwortete seine Seele, »du weißt es wohl. Hast du vergessen, daß du mir kein Herz gabst? – Wohl kaum. Und darum plag weder dich noch mich, sondern sei ruhig, denn es gibt keinen Schmerz, den du nicht zufügen wirst, und keine Lust, die du nicht empfängst.«

Als der junge Fischer diese Worte vernahm, zitterte er und sagte zu seiner Seele: »Nein, du bist böse und hast mich meine Liebste vergessen lassen, mich versucht und die Wege der Sünde gelehrt.«

Und seine Seele antwortete ihm: »Du hast nicht vergessen, daß du mir kein Herz gabst, als du mich fortgeschickt hast in die Welt. Komm, gehen wir in eine andere Stadt und vergnügen uns, denn wir haben neun Beutel voll Gold.«

Aber der junge Fischer nahm die neun Goldbeutel, warf sie von sich und trampelte darauf herum.

»Nein«, rief er, »ich will nichts mit dir zu tun haben und nirgendwo mit dir hingehen, sondern dich wegschicken, wie ich dich schon einmal weggeschickt habe, denn du hast mir nichts Gutes gebracht.«

Und er wandte seinen Rücken zum Mond und wollte mit dem kleinen Messer mit dem Schlangenhautgriff jenen Schatten des Leibs von den Füßen schneiden, welcher der Leib der Seele ist.

Doch seine Seele wich nicht von ihm und achtete nicht auf seinen Befehl, sondern sagte zu ihm: »Der Zauber, den dir die Hexe verriet, nützt dir nichts mehr, denn ich kann dich nicht verlassen, und du kannst mich nicht verjagen. Einmal nur im Leben kann ein Mensch seine Seele fortschicken, aber wer sie wieder zurücknimmt, muß sie auf immer behalten; das ist seine Strafe und auch sein Lohn.«

Der junge Fischer erbleichte, preßte die Hände zusammen und schrie: »Sie war eine falsche Hexe, daß sie mir das nicht gesagt hat!«

»Nein«, antwortete seine Seele, »sie war Ihm treu, den sie verehrt und dem sie immer dienen wird.«

Und als der junge Fischer wußte, daß er seine Seele nicht mehr loswerden konnte, daß sie böse war und immer bei ihm bleiben würde, fiel er zu Boden und weinte bitterlich.

Als es Tag war, stand der junge Fischer auf und sagte zu seiner Seele: »Ich will meine Hände fesseln, damit ich nicht tu', was du sagst, und meine Lippen verschließen, damit ich nicht sage, was du sprichst, und ich will an den Ort zurück, wo meine Liebste wohnt. Ans Meer will ich zurück und zur kleinen Bucht, wo sie immer singt, und ihr das Böse erzählen, das ich getan habe, und das Böse, das du über mich gebracht hast.«

Und seine Seele versuchte ihn mit den Worten: »Wer ist deine Liebste, daß du zu ihr zurückkehren willst? Die Welt hat viele, die schöner sind als sie. Zum Beispiel die Tänzerinnen von Samaris, die wie aller Art Vögel und Vierbeiner tanzen. Ihre Füße sind hennarot, und in den Händen haben sie kleine Kupferschellen. Sie lachen beim Tanzen so hell wie ein sprudelnder Quell. Komm mit mir, und ich zeige sie dir. Was plagst du dich denn wegen Sünde? Ist Wohlschmeckendes nicht zum Essen gemacht? Sind alle süßen Getränke Gift? Plag dich doch nicht, und komm mit mir in eine andere Stadt. In der Nähe liegt ein Städtchen mit einem Garten voll Tulpenbäumen. In diesem hübschen Garten leben weiße Pfauen und Pfauen mit blauer Brust. Ihre Schwänze sind wie Elfenbeinscheiben, wenn sie gegen die Sonne fächern, und wie Scheiben aus Gold. Die sie füttert, tanzt zu ihrem Vergnügen, manchmal auf den Händen und manchmal auf den Füßen. Ihre Augen sind antimonschwarz, und ihre Nase hat Schwalbenflügel. Von dem einen hängt am Ring eine Blume, die aus einer Perle geschnitten ist. Sie lacht beim Tanzen, und die Silberringe an ihren Knöcheln klingen wie Silberglocken. Darum plag dich nicht länger, sondern komm mit mir zu dieser Stadt.«

Aber der junge Fischer antwortete seiner Seele nicht, sondern schloß seine Lippen mit dem Siegel des Schweigens, band seine Hände mit einem straffen Seil und wanderte dorthin zurück, woher er gekommen war, zur kleinen Bucht, wo seine Liebste immer sang. Seine Seele lockte ihn unterwegs ständig, doch er antwortete nicht und tat auch nichts von dem Übel, zu dem sie ihn versuchen wollte, so groß war die Kraft seiner Liebe.

Als er den Strand erreicht hatte, löste er das Seil von seinen Händen, nahm das Siegel des Schweigens von seinen Lippen und rief die kleine Meerjungfrau. Aber sie kam auf sein Rufen hin nicht, obwohl er den ganzen Tag rief und sie anflehte.

Seine Seele verspottete ihn und sagte: »Deine Liebe macht dir wahrhaft nur wenig Freude. Du bist wie einer, der in Notzeiten Wasser in einen zerbrochenen Krug gießt. Du gibst weg, was du hast, und bekommst nichts zurück. Es wäre besser für dich, mir zu folgen, denn ich weiß, wo das Freudental liegt und was dort geschieht.«

Aber der junge Fischer antwortete seiner Seele nicht, sondern baute sich in einer Felsspalte eine geflochtene Hütte und wohnte dort für ein Jahr. Jeden Morgen rief er die Meerjungfrau, jeden Mittag rief er sie wieder, und in der Nacht nannte er ihren Namen. Aber nie stieg sie auf aus dem Meer zu ihm, und nirgends im Meer fand er sie, obwohl er in den Grotten und im grünen Wasser nach ihr suchte, in den Flutseen und in den Brunnen der Tiefe.

Und endlos lockte ihn seine Seele mit Bösem und flüsterte ihm schreckliche Dinge ein. Doch kam sie nicht gegen ihn an, so groß war die Macht seiner Liebe.

Als das Jahr um war, dachte die Seele bei sich: »Ich habe meinen Meister mit Bösem versucht, und seine Liebe ist stärker als ich. Jetzt will ich ihn mit Gutem versuchen, vielleicht kommt er dann mit mir.«

So sagte sie zum jungen Fischer: »Ich habe dir von den Freuden der Welt erzählt, und du warst taub für mich. Laß mich nun vom Elend der Welt berichten, vielleicht hörst du dann. Denn wahrlich, der Schmerz ist Herr dieser Welt, und niemand entgeht seinem Netz. Manche haben keine Kleidung und andere kein Brot. Manche Witwen tragen Purpur und andere Lumpen. Über die Moore gehen die Aussätzigen und sind grausam gegeneinander. Bettler laufen die Straßen auf und ab, und ihre Börsen sind leer. Durch die Straßen der Stadt zieht der Hunger, und die Pest sitzt vor den Toren. Komm, laß uns diesen Dingen abhelfen, bis es sie nicht mehr gibt. Was willst du hier herumsitzen und auf deine Liebste warten, wenn sie auf dein Rufen hin nicht kommt? Und was ist denn die Liebe, daß sie dir soviel bedeutet?«

Aber der junge Fischer blieb stumm, so groß war die Macht seiner Liebe. Jeden Morgen rief er die Meerjungfrau, jeden Mittag rief er sie wieder, und in der Nacht nannte er ihren Namen. Doch nie stieg sie auf aus dem Meer zu ihm, nirgends im Meer fand er sie, obwohl er in den Wasserläufen nach ihr suchte, in den Tälern unter den Wellen, im Meer, das die Nacht purpurn färbt, und im Meer, das die Dämmerung grau läßt.

Als das zweite Jahr um war, sagte die Seele zum jungen Fischer bei Nacht, als er allein in der geflochtenen Hütte saß: »Ach, ich habe dich mit Bösem versucht und mit Gutem, und deine Liebe ist stärker als ich. Ich will dich nicht länger versuchen, doch ich bitte dich, laß mich in dein Herz kommen, damit ich wieder eins mit dir werde wie einst.«

»Gewiß kannst du herein«, sagte der junge Fischer, »denn du mußt sehr gelitten haben, als du ohne Herz durch die Welt gingst.«

»Ach!« jammerte die Seele, »ich finde keine Öffnung, so umschlossen von Liebe ist dein Herz.«

»Und doch wollte ich dir gern helfen«, sagte der junge Fischer.

Noch während er sprach, kam ein lauter Trauerschrei vom Meer, wie ihn die Menschen vernehmen, wenn einer von den Meerleuten gestorben ist. Der junge Fischer sprang auf und rannte aus seiner geflochtenen Hütte zum Strand. Und die schwarzen Wellen eilten zum Strand, mit einer Last, weißer als Silber. Weiß wie Gischt war sie, und wie eine Blume tanzte sie auf den Wellen. Und die Brandung nahm sie von den Wellen, der Schaum von der Brandung, das Ufer empfing sie, und zu seinen Füßen sah der junge Fischer den Leib der kleinen Meerjungfrau. Tot lag sie zu seinen Füßen.

Mit lautem Wehklagen warf er sich neben sie, küßte das kalte Rot des Mundes und spielte mit dem nassen Bernstein ihres Haars. Er warf sich in den Sand daneben, weinte wie zitternd vor Freude und hielt sie mit seinen braunen Armen an seine Brust. Kalt waren die Lippen, aber er küßte sie. Salz war das Honighaar, doch er kostete es mit bitterer Lust. Er küßte die geschlossenen Lider, und der wilde Gischt auf ihrem Rund war nicht so salzig wie seine Tränen.

Und der Leiche beichtete er. In ihre Ohrmuscheln goß er den herben Wein seiner Geschichte. Er legte die kleinen Hände um seinen Nacken und berührte mit seinen Fingern den schlanken Hals. Bitter, so bitter war seine Freude und voll seltsamer Wonne sein Schmerz.

Die schwarze See kam näher, und der weiße Schaum stöhnte wie ein Aussätziger. Mit weißen Schaumkrallen tappte das Meer nach dem Strand. Vom Palast des Meerkönigs kam wieder die Totenklage, und weit draußen bliesen die großen Tritonen heiser auf ihrem Horn.

»Flieh«, sagte seine Seele, »denn das Meer kommt immer näher; wenn du zögerst, wird es dich töten. Flieh, denn ich habe Angst, wenn ich sehe, daß die Macht deiner Liebe mir dein Herz verschließt. Fliehe an einen sicheren Ort. Du willst mich doch nicht ohne Herz in eine andere Welt schicken?«

Aber der junge Fischer hörte nicht auf seine Seele, sondern beschwor die kleine Meerjungfrau mit den Worten: »Liebe ist besser als Weisheit, kostbarer als Reichtum und schöner als die Füße der Menschentöchter. Das Feuer kann sie nicht zerstören und das Wasser nicht löschen. Ich habe dich bei Morgengrauen gerufen, und du bist nicht gekommen. Der Mond hörte deinen Namen, doch du gabst nicht auf mich acht. Denn ich hatte dich böswillig verlassen und ging zu meinem eigenen Schaden in die Irre. Doch immer blieb deine Liebe bei mir und war immer stark, und nichts kam dagegen an, obwohl ich Böses geschaut habe und Gutes. Und jetzt, wo du tot bist, will ich auch mit dir sterben.«

Seine Seele flehte ihn an wegzugehen, aber er hörte nicht, so groß war seine Liebe. Und das Meer kam näher und wollte ihn mit seinen Wellen zudecken, und als er das Ende nahe wußte, küßte er mit fiebrigen Lippen die kalten Lippen der Meerjungfrau, und das

Herz in ihm brach. Als aber sein Herz an der Vollkommenheit seiner Liebe brach, fand die Seele eine Öffnung, trat ein und war eins mit ihm wie zuvor. Und das Meer deckte den jungen Fischer mit seinen Wellen zu.

Am anderen Morgen ging der Priester das Meer segnen, denn es war unruhig gewesen. Und mit ihm gingen die Mönche, Musikanten, Kerzenträger und Weihrauchschwinger, dazu viel Volk.

Als der Priester zum Strand kam, sah er den jungen Fischer ertrunken in der Brandung liegen, und in seinen Armen lag der Leichnam der kleinen Meerjungfrau. Er wich mit finsterer Miene zurück, machte das Kreuz und rief mit lauter Stimme: »Ich will das Meer nicht segnen, noch was darin ist. Verflucht seien die Meerleute und alle, die mit ihnen Umgang pflegen. Und was ihn betrifft, der um der Liebe willen Gott verließ und hier durch Gottes Strafe tot bei seinem Luder liegt, nehmt seinen Leib und den seiner Metze und begrabt sie am Rande des Ackers der Walker und setzt kein Mal darauf und auch sonst kein Zeichen, damit niemand weiß, wo sie ruhen. Denn verflucht waren sie in ihrem Leben, und verflucht sollen sie auch im Tod sein.«

Die Leute gehorchten ihm und hoben am Rand des Walkerackers, wo keine lieblichen Pflanzen wuchsen, eine tiefe Grube aus und senkten die Leichen hinab.

Als das dritte Jahr um war, an einem Feiertag, ging der Priester hinauf zur Kapelle, um der Gemeinde die Male des Herrn zu zeigen und ihr vom Zorn Gottes zu sprechen.

Und als er seine Roben angetan und sich drinnen vor dem Altar verneigt hatte, sah er, daß der Tisch mit seltsamen Blumen bedeckt war, die er niemals zuvor gesehen hatte. Seltsam waren sie anzuschauen und von merkwürdiger Schönheit, ihre Schönheit verwirrte ihn, und süß war ihr Duft in der Nase. Da war er froh und verstand nicht warum.

Als er das Tabernakel geöffnet, die Monstranz darin beräuchert und die strahlende Oblate der Gemeinde gezeigt hatte, wollte er ihr vom Zorn Gottes sprechen. Aber die Schönheit der weißen Blumen verwirrte ihn, süß war ihr Duft in der Nase, und ein anderes Wort trat auf seine Lippen, er sprach nicht vom Zorn Gottes, sondern vom Gott, der Liebe heißt. Und warum er so sprach, wußte er nicht.

Als er geendet hatte, weinten die Leute, und der Priester ging in die Sakristei zurück, die Augen voll Tränen. Die Meßdiener kamen herein und entkleideten ihn, nahmen Chorhemd, Gürtel, Manipel und Stola ab. Und er stand da wie im Traum.

Als sie ihn entkleidet hatten, schaute er sie an und sagte: »Was sind das für Blumen auf dem Altar, und woher kommen sie?«

Sie antworteten: »Was es für Blumen sind, wissen wir nicht, aber sie kommen vom Rande des Walkerackers.« Und der Priester zitterte und kehrte heim, um zu beten.

Noch bei Morgengrauen ging er mit den Mönchen, Musikanten, Kerzenträgern und Weihrauchschwingern und viel Volk zum Meeresstrand und segnete das Meer und alle wilden Kreaturen darin. Auch die Faune segnete er und das kleine Volk, das im Wald tanzt, und die helläugigen Wesen, die durch das Laub spähen. Jedes Ding in Gottes Welt segnete er, und die Leute waren voll Freude und Staunen. Aber am Rande des Walkerackers wuchsen nie wieder Blumen, und das Feld blieb unfruchtbar wie zuvor. Und die Meerleute kamen nicht mehr in die Bucht wie einst, denn sie zogen in eine andere Gegend des Meeres.

Das Sternenkind

Es waren einmal zwei arme Holzfäller, die durch einen großen Tannenwald heimwärts gingen. Es war Winter und bitterkalte Nacht. Der Schnee lag dick auf dem Boden und auf den Ästen; der Frost brach unablässig die kleinen Zweige an ihrem Weg; und als sie zum Wasserfall am Berg kamen, hing er reglos in der Luft, denn die Eiskönigin hatte ihn geküßt.

So kalt war es, daß selbst die Vögel und Vierbeiner sich nicht zu helfen wußten.

»Pfui!« knurrte der Wolf, als er mit eingezogenem Schwanz durchs Unterholz hinkte, »das Wetter ist absolut scheußlich. Warum unternimmt die Regierung nichts?«

»Twitt, twitt, twitt!« zwitscherten die Grünfinken, »die alte Erde ist tot und liegt aufgebahrt im weißen Totenhemd.«

»Die Erde heiratet, und das ist ihr Brautkleid«, flüsterten die Turteltauben einander zu. Ihre rosa Füßchen waren halb erfroren, aber sie fühlten sich zu einer romantischen Betrachtungsweise verpflichtet.

»Unsinn!« grollte der Wolf. »Ich sage euch, die Regierung ist schuld, und wenn ihr mir nicht glaubt, fress' ich euch auf.« Der Wolf war von Grund auf praktisch veranlagt und nie um ein gutes Argument verlegen.

»Was mich betrifft«, meinte der Specht, ein geborener Philosoph, »pfeife ich auf Erklärungen. Man muß die Dinge nehmen, wie sie sind, und momentan ist es schrecklich kalt.«

Schrecklich kalt war es tatsächlich. Die kleinen Eichhörnchen, die in der hohen Tanne wohnten, rieben einander ständig die Nase, um sich warm zu halten, und die Kaninchen rollten sich in ihren Löchern zusammen und wagten nicht einmal einen Blick nach draußen. Nur die großen Ohreulen schienen es zu genießen. Ihre Federn waren ganz starr vom Reif, aber sie rollten unbekümmert die großen gelben Augen und riefen einander durch den Wald zu: »Tu-wit, u-hu, tu-wit, u-hu! Was haben wir für prächtiges Wetter!«

Weiter und weiter gingen die beiden Holzfäller, bliesen kräftig in die Finger und stampften mit ihren großen, eisenbeschlagenen Stiefeln auf den festgebackenen Schnee. Einmal sanken sie in einer tiefen Verwehung ein und kamen so weiß wie Müller, wenn

die Steine am Mahlen sind, wieder heraus; einmal rutschten sie dort, wo das Sumpfwasser gefroren war, auf dem glatten, harten Eis aus, verloren die Scheite aus ihren Bündeln und mußten sie auflesen und wieder zusammenbinden; einmal meinten sie gar, sich verirrt zu haben, und erschraken sehr, denn sie wußten, der Schnee ist grausam zu denen, die in seinen Armen schlafen. Aber sie vertrauten auf den guten Sankt Martin, der über allen Reisenden wacht, gingen zurück und gaben acht, bis sie schließlich zum Waldrand gelangten und weit unten im Tal die Lichter ihres Heimatdorfs sahen.

Sie freuten sich so über ihre Rettung, daß sie laut herauslachten, und die Erde schien ihnen wie eine Silberblume, der Mond wie eine Blume aus Gold.

Aber nach dem Gelächter wurden sie traurig, denn sie dachten wieder an ihre Armut, und der eine sagte zum anderen: »Was sind wir lustig, wo wir doch wissen, daß das Leben für die Reichen und nicht für unsereins ist? Wir wären besser im Wald erfroren oder ein wildes Tier hätte uns angefallen und umgebracht.«

»Wahrhaftig«, stimmte sein Begleiter zu, »einige bekommen viel und viele wenig. Das Unrecht hat die Welt aufgeteilt, und gerecht geteilt wird nur die Sorge.«

Doch als sie einander ihr Elend beklagten, geschah etwas Seltsames. Vom Himmel fiel ein ganz heller, herrlicher Stern. Er glitt am Himmelsrand herunter, überholte andere Sterne unterwegs und schien vor ihren staunenden Augen in einem Weidengehölz neben einer kleinen Schafhürde, die einen Steinwurf entfernt war, niederzugehen.

»Da lockt ein Krug voll Gold dem Finder!« riefen sie und rannten los, so sehr brannten sie auf das Gold.

Der eine rannte schneller als sein Begleiter, überholte ihn, bahnte sich einen Weg durch das Weidengehölz, und als er auf der anderen Seite herauskam, siehe da!, lag tatsächlich etwas Goldenes auf dem weißen Schnee. Er rannte darauf zu, bückte sich und berührte es; es war ein Mantel aus Goldgewebe, kunstvoll mit Sternen besetzt und in viele Falten geschlagen. Und er rief seinem Kameraden zu, er habe den Schatz gefunden, der vom Himmel gefallen war, und als der zweite zu ihm gestoßen war, setzten sie sich in den Schnee und falteten den Mantel auf, um die Goldstücke zu teilen. Aber ach, es war kein Gold darin, auch kein Silber noch irgendein Schatz, nur ein Säugling, der schlief.

Und der eine sagte zum andern: »Das ist ein bitteres Ende unserer Hoffnung, und Glück haben wir auch keins, denn was nützt einem Mann ein Kind? Wir wollen es da lassen und gehen, denn wir sind arme Leute und haben eigene Kinder, deren Brot wir nicht andern geben dürfen.«

Doch sein Kamerad antwortete: »Nein, es wäre eine üble Tat, das Kind hier im Schnee sterben zu lassen, und obwohl ich so arm bin wie du und viele Mäuler füttern muß mit nur wenig im Topf, will ich es doch mit nach Hause nehmen, und meine Frau soll sich darum kümmern.«

Und er hob das Kind ganz behutsam auf, legte den Mantel darum, um es vor der strengen Kälte zu schützen, und schritt den Hügel hinunter zum Dorf, während sein Kamerad sich sehr über seine Einfalt und sein weiches Herz wunderte.

Als sie zum Dorf kamen, sagte der Kamerad: »Du hast das Kind, darum gib mir den Mantel, denn es ist recht, daß wir teilen.«

Doch der Mann antwortete: »Nein, denn der Mantel gehört weder mir noch dir, sondern einzig dem Kind«, und er sagte adieu und klopfte an die Tür seines Hauses.

Als seine Frau aufmachte und sah, daß ihr Mann heil zu ihr zurückgekommen war, umarmte und küßte sie ihn, nahm ihm das Scheiterbündel vom Rücken, wischte den Schnee von seinen Stiefeln und bat ihn herein.

Er aber sagte zu ihr: »Ich habe etwas gefunden im Wald und will es in deine Obhut geben«, und er rührte sich nicht von der Schwelle.

»Was ist es?« rief sie. »Zeig es mir, denn das Haus ist kahl, und wir können vieles brauchen.« Er schlug den Mantel zurück und zeigte ihr das schlafende Kind.

»Ach, guter Mann!« murmelte sie, »haben wir nicht selbst genug Kinder, daß du einen Wechselbalg an unsern Herd bringen mußt? Wer weiß, ob er uns nicht Unglück bringt. Und wie sollen wir dafür sorgen?« So zürnte sie ihm.

»Es ist doch ein Sternenkind«, erwiderte er und erzählte, auf welch seltsame Weise sie es gefunden hatten.

Aber sie ließ sich nicht besänftigen, sondern lachte ihn aus und schimpfte und rief: »Unsre Kinder haben kein Brot, und da sollen wir noch ein fremdes füttern? Wer kümmert sich denn um uns? Und wer gibt uns Essen?«

»Gott kümmert sich selbst um die Spatzen und gibt ihnen zu essen«, antwortete er.

»Verhungern die Spatzen im Winter nicht?« fragte sie. »Und ist es nicht Winter?« Der Mann blieb stumm, doch er rührte sich nicht weg von der Schwelle.

Ein rauher Wind aus dem Wald drang durch die offene Tür und ließ sie erschauern, und sie sagte zu ihm: »Willst du nicht die Tür zumachen? Ein rauher Wind bläst ins Haus, und mir ist kalt.«

»Bläst nicht immer ein rauher Wind im Haus, wenn das Herz hart ist?« fragte er. Die Frau antwortete nicht und trat näher zum Feuer.

Nach einer Weile drehte sie sich um und schaute ihn an, die Augen voll Tränen. Und er kam schnell herein und gab ihr das Kind in die Arme, und sie küßte es und legte es zu ihrem Jüngsten ins Bettchen. Und am nächsten Morgen nahm der Holzfäller den seltsamen Goldmantel und legte ihn in eine große Truhe, und seine Frau nahm die Bernsteinkette, die das Kind um den Hals trug, und legte sie daneben.

So wurde das Sternenkind mit den Kindern des Holzfällers aufgezogen, saß mit ihnen am selben Tisch und war ihr Spielkamerad. Und von Jahr zu Jahr wurde es zum Erstaunen der Dorfbewohner schöner von Angesicht, denn waren sie dunkelhäutig und schwarzhaarig, war es weiß und zart wie geschnitztes Elfenbein, und seine Locken waren wie Narzissen. Auch glichen seine Lippen einer roten Blüte, seine Augen waren wie Veilchen an einem klaren Fluß und sein Leib wie eine Lilie im Feld, wo kein Schnitter kommt.

Doch seine Schönheit brachte ihm nichts Gutes. Denn es wurde stolz, grausam und selbstsüchtig. Die Kinder des Holzfällers und die anderen Dorfkinder verachtete es und sagte, sie seien von niederer Abstammung, während es von einem Stern geboren und nobel sei, und es schwang sich zu ihrem Herrn auf und nannte sie seine Diener. Es hatte kein Mitleid mit den Armen, den Blinden, Versehrten oder sonstwie Geschlagenen, sondern bewarf sie mit Steinen, trieb sie weg auf die Straße und hieß sie ihr Brot anderswo betteln, so daß niemand außer den Vogelfreien zweimal zum Dorf kam und auf Almosen hoffte. Ja, es war wie verliebt in die Schönheit, verspottete die Schwachen und Häßlichen und verhöhnte sie, während es sich selbst liebte und im Sommer, wenn kein Wind wehte, neben dem Brunnen im Pfarrgarten lag, auf das Wunder seines eignen Gesichts hinabstaunte und vor Freude über sein Ebenmaß lachte.

Oft schalten es der Holzfäller und seine Frau und sagten: »Wir sind mit dir nicht so verfahren, wie du es nun mit den Menschen in Not tust, denen niemand hilft. Warum bist du so grausam zu allen, die Mitleid brauchen?«

Oft verlangte der alte Pfarrherr nach ihm und wollte es die Liebe zur Kreatur lehren mit den Worten: »Die Fliege ist dein Bruder. Tu ihr nichts. Die wilden Vögel, die durch den Wald streifen, sind frei. Fange sie nicht zu deinem Vergnügen. Gott hat die Blindschleiche gemacht und den Maulwurf, und beide haben ihren Platz. Wer bist du, daß du Leid in Gottes Welt bringen darfst? Selbst das Vieh auf dem Feld preiset Ihn.«

Doch das Sternenkind achtete nicht auf ihre Worte, sondern trotzte und höhnte, ging zu seinen Kameraden zurück und führte sie an. Und sie folgten ihm, denn es war schön und flink, konnte tanzen, flöten und musizieren. Wohin das Sternenkind sie führte, dorthin folgten sie, und was es sie hieß, das taten sie. Und wenn es die trüben Augen des Maulwurfs mit einem scharfen Schilf ausstach, lachten sie; und sie lachten auch, wenn es einen Aussätzigen mit Steinen bewarf. In allen Dingen beherrschte es sie, und sie wurden so hartherzig wie es.

Eines Tages kam eine arme Bettelfrau ins Dorf. Ihre Kleider waren zerrissen und zerlumpt, ihre Füße bluteten von der rauhen Straße, über die sie gezogen war, und sie war in schlimmster Not. Müde setzte sie sich unter eine Kastanie, um auszuruhen.

Doch als das Sternenkind sie sah, sagte es zu seinen Kumpanen: »Schaut! Da sitzt eine garstige Bettlerin unter dem schönen grünen Baum. Jagen wir sie davon, denn sie ist häßlich und unansehnlich.«

Und es kam näher und bewarf sie mit Steinen und verspottete sie, und sie sah es an aus entsetzten Augen und wandte keinen Blick von ihm. Und als der Holzfäller, der vor einem Schober in der Nähe Holz spaltete, sah, was das Sternenkind tat, kam er herbeigerannt, schalt es und sagte: »Du bist wirklich hartherzig und kennst kein Erbarmen, denn was hat diese arme Frau dir Böses getan, daß du sie so behandelst?«

Das Sternenkind wurde rot vor Wut, stampfte mit dem Fuß und sagte: »Wer bist du, daß du mich fragen kannst, was ich tu'? Ich bin nicht dein Sohn und muß dir nicht gehorchen.«

»Du hast recht«, antwortete der Holzfäller, »aber ich hatte Mitleid mit dir, als ich dich im Wald fand.«

Als die Frau diese Worte vernahm, schrie sie auf und fiel in Ohnmacht. Der Holzfäller trug sie in sein Haus, seine Frau pflegte sie, und als sie aus der Ohnmacht erwachte, setzten sie ihr Speis und Trank vor und baten sie zuzugreifen.

Doch sie wollte weder essen noch trinken, sondern sagte zum Holzfäller: »Hast du nicht gesagt, das Kind sei im Wald gefunden worden? Und ist es nicht auf den Tag zehn Jahre her?«

Der Holzfäller antwortete: »Ja, ich hab' es im Wald gefunden, und es ist auf den Tag zehn Jahre her.«

»Und welche Zeichen hast du bei ihm gefunden?« rief sie. »Trug es nicht eine Bernsteinkette um den Hals? Und war es nicht in einen sternenbestickten Mantel aus Goldstoff gehüllt?«

»Wahrhaftig«, antwortete der Holzfäller, »es war genau, wie du sagst.«

Und er zog Mantel und Bernsteinkette aus der Truhe hervor und zeigte ihr beides.

Als sie das sah, weinte sie Freudentränen und sagte: »Es ist mein kleiner Sohn, den ich im Wald verloren habe. Ich bitte dich, hole ihn schnell, denn seinetwegen bin ich um die ganze Welt gezogen.«

Darauf gingen der Holzfäller und seine Frau hinaus, riefen das Sternenkind und sagten zu ihm: »Geh ins Haus, dort findest du deine Mutter, sie wartet auf dich.«

Es rannte hinein, voll Staunen und voller Freude. Aber als es sah, wer dort wartete, lachte es verächtlich und sagte: »Wo ist meine Mutter denn? Ich sehe hier nur dieses garstige Bettelweib.«

Und die Frau sagte: »Ich bin deine Mutter.«

»Du mußt irre sein, so etwas zu sagen«, rief das Sternenkind wütend. »Ich bin nicht dein Sohn, denn du bist ein häßliches Lumpenweib. Darum scher dich fort und laß mich deine Fratze nie mehr sehen.«

»Nein, du bist wirklich mein kleiner Sohn, den ich im Wald trug«, rief sie, fiel auf die Knie und streckte ihm die Arme entgegen. »Die Räuber haben dich mir gestohlen und dich ausgesetzt«, murmelte sie, »aber ich hab' dich erkannt, als ich dich sah, und auch die Zeichen: den Mantel aus Goldstoff und die Bernsteinkette. Darum komm mit mir, ich bitte dich, denn ich habe auf der ganzen Welt nach dir gesucht. Komm mit mir, mein Sohn, denn ich brauche deine Liebe.«

Aber das Sternenkind rührte sich nicht von der Stelle, sondern verschloß ihr sein Herz, und man hörte nichts als das schmerzliche Schluchzen der Frau.

Schließlich sprach es zu ihr, und seine Stimme war hart und bitter: »Wenn du wirklich meine Mutter bist«, sagte es, »wärst du besser weggeblieben, statt hierherzukommen und mich zu beschämen, wo ich doch glaubte, ich sei ein Sternenkind und nicht ein Bettelbalg, wie du behauptest. Darum verschwinde und komm mir nie mehr unter die Augen!«

»Ach, mein Sohn!« rief sie, »willst du mich nicht küssen zum Abschied? Denn ich habe viel gelitten, um dich zu finden.«

»Nein«, sagte das Sternenkind, »du bist zu garstig anzuschauen, und lieber würde ich eine Natter oder eine Kröte küssen als dich.«

Darauf erhob sich die Frau, ging fort in den Wald und weinte bitterlich, und als das Sternenkind sah, daß sie weg war, rannte es froh zu seinen Kameraden zurück, um mit ihnen zu spielen.

Aber als sie es kommen sahen, verhöhnten sie es und sagten: »Pfui, du bist so häßlich wie eine Kröte und so eklig wie eine Natter. Verschwinde, wir lassen dich nicht mit uns spielen«, und sie trieben es aus dem Garten.

Das Sternenkind blickte finster und sagte zu sich: »Was sagen sie da zu mir? Ich gehe zum Brunnen und schaue hinein, er wird von meiner Schönheit reden.«

Und es ging zum Brunnen und schaute hinein, und weh!, sein Gesicht war das einer Kröte und sein Körper ein schuppiger Schlangenleib. Und es warf sich ins Gras und weinte und sagte zu sich: »Das hat wohl meine Sünde über mich gebracht. Ich habe meine Mutter verleugnet und fortgejagt und bin stolz und grausam zu ihr gewesen. Darum will ich sie auf der ganzen Welt suchen und nicht ruhen, bis ich sie gefunden habe.«

Da kam die kleine Tochter des Holzfällers zu ihm, legte ihm die Hand auf die Schulter und sagte: »Was macht es schon, daß du deine Schönheit verloren hast? Bleib bei uns, ich werde dich nicht auslachen.«

Aber es sagte zu ihr: »Nein, ich bin grausam zu meiner Mutter gewesen, und zur Strafe bin ich mit diesem Übel geschlagen. Jetzt muß ich fort und durch die ganze Welt ziehen, bis ich sie finde und sie mir verzeiht.«

Und es rannte davon in den Wald und rief seine Mutter zu sich, doch es kam keine Antwort. Den ganzen Tag rief es, und als die Sonne unterging, legte es sich auf einem Laubbett schlafen, und die Vögel und Vierbeiner flohen vor ihm, denn sie erinnerten sich an seine Grausamkeit, und es war allein, bis auf die Kröte, die es beobachtete, und die träge Natter, die vorüberkroch.

Am Morgen stand es auf, pflückte bittere Beeren von den Bäumen und aß sie und ging unter heißen Tränen weiter durch den großen Wald. Und alle, die ihm begegneten, fragte es, ob sie vielleicht seine Mutter gesehen hatten.

Es sagte zum Maulwurf: »Du kannst unter die Erde gehen. Sag mir, ist meine Mutter dort?«

Der Maulwurf antwortete: »Du hast mich geblendet. Wie sollte ich es wissen?«

Es sagte zum Fink: »Du kannst über den Wipfeln der hohen Bäume fliegen und die ganze Welt sehen. Sag mir, siehst du meine Mutter?«

Der Fink antwortete: »Du hast meine Flügel zum Spaß gestutzt. Wie sollte ich fliegen?«

Und zum kleinen Eichhörnchen, das in der Tanne wohnte und einsam war, sagte es: »Wo ist meine Mutter?«

Das Eichhörnchen antwortete: »Du hast meine getötet. Willst du jetzt auch deine Mutter töten?«

Das Sternenkind senkte weinend den Kopf, bat Gottes Geschöpfe um Vergebung und zog auf seiner Suche nach der Bettlerin weiter durch den Wald. Am dritten Tag war es auf die andere Seite des Waldes gelangt und ging hinunter ins Tal.

Als es durch die Dörfer kam, verhöhnten die Kinder es und warfen mit Steinen nach ihm; die Bauern mochten es nicht einmal über Nacht in den Scheunen dulden, aus Angst, es verseuche das gelagerte Korn mit Milben, so eklig war es anzuschauen; ihre Knechte trieben es fort, und niemand hatte Mitleid mit ihm. Und obwohl es drei Jahre lang durch die Welt zog, hörte es nie etwas von der Bettlerin, seiner Mutter, obwohl es sie oft auf der Straße vor sich zu sehen glaubte, sie rief und ihr nachrannte, bis seine Füße von den spitzen Kieseln bluteten. Aber es konnte sie nie einholen, und die Bewohner am Weg wollten sie oder ihresgleichen nie gesehen haben und spotteten über sein Leid.

Drei Jahre lang wanderte es durch die Welt, und es war darauf keine Liebe, keine Güte und kein Erbarmen, sondern die Welt war genau so, wie es sie in den Tagen des Hochmuts für sich gerichtet hatte.

Eines Abends kam es zum Tor einer befestigten Stadt an einem Fluß, und obwohl es müde war und seine Füße schmerzten, wollte es hinein. Doch die Wachtsoldaten senkten ihre Hellebarden über den Eingang und fragten es grob: »Was hast du in der Stadt zu schaffen?«

»Ich suche meine Mutter«, antwortete es, »bitte, laßt mich hinein, denn vielleicht ist sie in dieser Stadt.«

Doch sie verhöhnten es, und einer wackelte mit seinem schwarzen Bart, setzte seinen Schild ab und rief: »Wahrhaftig, deine Mutter wird nicht froh sein, wenn sie dich sieht, denn du bist garstiger als eine Sumpfkröte oder die Natter, die durch das Moor kriecht. Verschwinde. Deine Mutter wohnt nicht in dieser Stadt.«

Ein anderer mit einem gelben Banner in der Hand fragte es: »Wer ist deine Mutter, und warum suchst du sie?«

»Meine Mutter ist eine Bettlerin, so wie ich«, antwortete es, »und ich habe ihr übel mitgespielt, darum laßt mich hinein, damit sie mir vergeben kann, wenn sie in dieser Stadt ist.« Aber sie wollten nicht und stachen es mit ihren Speeren.

Als es sich weinend abwandte, kam ein Mann herbei, dessen Rüstung mit vergoldeten Blumen verziert war und auf dessem Helm ein geflügelter Löwe saß, und fragte die Soldaten, wer um Einlaß gebeten habe. Sie antworteten: »Ein Kind einer Bettlerin und selber ein Bettler, wir haben ihn fortgejagt.«

»Nicht doch«, lachte er, »wir wollen das garstige Wesen als Sklaven verkaufen, um den Preis eines Kruges süßen Weins.«

Ein alter Mann mit bösem Gesicht rief im Vorbeigehen: »Ich kaufe ihn um diesen Preis«, und als er den Preis bezahlt hatte, nahm er das Sternenkind an der Hand und führte es in die Stadt.

Als sie durch viele Straßen gegangen waren, kamen sie zu einer kleinen Tür in einer Wand, die ein Granatapfelbaum bedeckte. Der Alte berührte die Tür mit einem Ring aus graviertem Jaspis, und sie stiegen fünf Bronzestufen hinab in einen Garten voll schwarzem Mohn und grünen Krügen aus gebranntem Lehm. Darauf nahm der Alte aus seinem Turban ein gemustertes Seidentuch, verband dem Sternenkind die Augen damit und trieb es vor sich her. Als ihm die Binde entfernt wurde, fand sich das Sternenkind in einem Verlies wieder, das eine Hornlaterne erleuchtete.

Der Alte setzte ihm etwas schimmliges Brot auf einem Brett vor und sagte: »iß«, ein wenig brackiges Wasser in einem Becher und sagte: »trink«, und als es gegessen und getrunken hatte, ging der Alte hinaus, sperrte die Tür hinter sich zu und sicherte sie mit einer Eisenkette.

Und am Morgen kam der Alte, der in Wahrheit der schlauste Zauberer Libyens war und seine Kunst von einem gelernt hatte, der in den Gräbern am Nil hauste, zu ihm, blickte es finster an und sagte: »In einem Wald nahe dem Tor dieser Stadt der Ungläubigen liegen drei Goldstücke. Eins ist aus weißem Gold, das zweite aus gelbem Gold und das dritte aus Rotgold. Heute sollst du mir das weiße Goldstück bringen, wenn nicht, gebe ich dir hundert Schläge. Geh jetzt schnell, und bei Sonnenuntergang warte ich auf dich vor dem Gartentor. Sieh zu, daß du das weiße Gold bringst, oder es geht dir schlecht, denn du bist mein Sklave, und ich habe dich um einen Krug Süßwein gekauft.« Er verband dem Sternenkind die Augen mit dem gemusterten Seidentuch und führte es durchs Haus, den Mohnblumengarten und die fünf Bronzestufen hoch. Als er die Tür mit seinem Ring geöffnet hatte, stellte er es auf die Straße.

Und das Sternenkind ging aus dem Stadttor und kam zum Wald, von dem der Magier gesprochen hatte.

Dieser Wald war von außen sehr lieblich anzusehen und schien voller Singvögel und süß duftender Blumen, und das Sternenkind betrat ihn froh. Doch seine Schönheit nützte ihm wenig, denn wo es auch hintrat, schossen struppige Sträucher und Dornen aus dem Boden und umzingelten es, bösartige Nesseln brannten es, und die Distel stach es mit ihren Dolchen, so daß es in kläglicher Not war. Das weiße Goldstück, von dem der Magier gesprochen hatte, fand es auch nicht, obwohl es von morgens bis mittags und von Mittag bis Sonnenuntergang danach suchte. Und als die Sonne unterging, wandte sich das Sternenkind heimwärts und weinte bitterlich, denn es wußte, welche Strafe es erwartete.

Doch als es zum Waldrand kam, hörte es aus einem Gestrüpp einen Schmerzensschrei. Es vergaß sein eigenes Leid, rannte zurück und sah ein Häschen in der Falle gefangen, die ihm ein Jäger gestellt hatte.

Das Sternenkind hatte Erbarmen, ließ es frei und sagte zu ihm: »Ich bin zwar auch nur ein Sklave, aber ich kann dir deine Freiheit schenken.«

Der Hase antwortete: »Gewiß, du hast mir meine Freiheit gegeben, was soll ich dir dafür geben?«

Das Sternenkind sagte: »Ich suche ein weißes Goldstück und kann es nicht finden, und wenn ich es meinem Meister nicht bringe, schlägt er mich.«

»Komm mit«, sagte der Hase, »ich führe dich zu ihm, denn ich weiß, wo es versteckt ist und wozu.«

So ging das Sternenkind mit dem Hasen, und da sah es im Spalt einer großen Eiche das weiße Goldstück, das es suchte. Voll Freude nahm es das Goldstück und sagte zum Hasen: »Du hast den erwiesenen Dienst vielfach zurückerstattet und meine Freundlichkeit hundertfach vergolten.«

»Nein«, antwortete der Hase, »ich tat bloß für dich, was du für mich getan hast«, und er rannte schnell davon, und das Sternenkind ging zur Stadt.

Vor dem Tor saß ein Aussätziger. Sein Gesicht war mit einer grauen Leinenkapuze bedeckt, und durch die Schlitze glühten seine Augen wie rote Kohle. Als er das Sternenkind kommen sah, schlug er auf eine Holzschale, klingelte mit seiner Schelle und rief ihm zu: »Gib mir ein Geldstück, sonst verhungere ich. Denn sie haben mich aus der Stadt geworfen, und niemand hat Mitleid mit mir.«

»O weh!« rief das Sternenkind. »Ich hab' nur ein Geldstück im Beutel, und wenn ich es nicht meinem Meister bringe, schlägt er mich, denn ich bin sein Sklave.«

Aber der Aussätzige flehte und bettelte, bis das Sternenkind sich erbarmte und ihm das weiße Goldstück gab.

Als es zum Haus des Magiers kam, öffnete er ihm, zog es herein und fragte: »Hast du das weiße Goldstück?« Das Sternenkind antwortete: »Ich habe es nicht.« Und so stürzte der Magier sich auf es, schlug es, setzte ihm ein leeres Brett vor und sagte: »iß« und einen leeren Becher und sagte: »trink« und warf es wieder ins Verlies.

Am nächsten Morgen kam der Magier zu ihm und sagte: »Wenn du mir heute nicht das gelbe Goldstück bringst, bleibst du gewiß mein Sklave und bekommst dreihundert Schläge.«

Darauf ging das Sternenkind in den Wald, suchte den ganzen Tag lang das gelbe Goldstück und konnte es nirgends finden. Als die Sonne unterging, setzte es sich hin und begann zu weinen, und während es weinte, kam das Häschen, das es aus der Falle befreit hatte, zu ihm. Es fragte: »Warum weinst du? Und was suchst du im Wald?«

Das Sternenkind antwortete: »Ich suche ein Stück gelbes Gold, das hier verborgen liegt, und wenn ich es nicht finde, schlägt mich mein Meister und hält mich als Sklaven.«

»Folge mir«, rief der Hase, und er rannte durch den Wald bis zu einem Teich. Und auf dem Teichgrund lag das gelbe Goldstück.

»Wie soll ich dir danken?« sagte das Sternenkind, »denn dies ist das zweite Mal, daß du mir geholfen hast.«

»Aber du hattest zuerst Mitleid mit mir«, sagte der Hase und rannte schnell davon.

Das Sternenkind nahm das gelbe Goldstück, steckte es in seinen Beutel und eilte zur Stadt. Doch der Aussätzige sah es kommen, rannte ihm entgegen und bat auf den Knien: »Gib mir eine Münze, oder ich sterbe vor Hunger.«

Das Sternenkind sagte: »Ich habe nur ein gelbes Goldstück in meinem Beutel, und wenn ich es meinem Meister nicht bringe, wird er mich schlagen und als Sklaven behalten.«

Aber der Aussätzige flehte so sehr, daß das Sternenkind sich erbarmte und ihm das gelbe Goldstück gab.

Als es zum Haus des Magiers kam, öffnete der ihm die Tür, zog es herein und fragte: »Hast du das gelbe Goldstück?« Das Sternenkind gab zur Antwort: »Ich habe es nicht.« Darauf stürzte der Magier sich auf es, schlug es, legte es in Ketten und warf es erneut ins Verlies.

Am anderen Morgen kam der Magier zu ihm und sagte: »Wenn du mir heute das rote Goldstück bringst, lass' ich dich frei, und sonst werd' ich dich töten.«

Darauf ging das Sternenkind in den Wald, suchte den ganzen Tag lang nach dem roten Goldstück und konnte es nirgends finden. Als es Abend war, setzte es sich nieder und weinte, und während es weinte, kam das Häschen zu ihm.

Und der Hase sagte: »Das rote Goldstück, das du suchst, ist in der Höhle hinter dir. Darum weine nicht mehr, sondern sei froh.«

»Wie soll ich es dir lohnen«, rief das Sternenkind, »denn du hast mir zum drittenmal geholfen.«

»Aber du hattest zuerst Mitleid mit mir«, sagte der Hase und rannte schnell davon.

Und das Sternenkind betrat die Höhle und fand das rote Goldstück im hintersten Winkel. Es steckte es in seinen Beutel und eilte zur Stadt. Der Aussätzige sah es kommen, stand mitten auf der Straße und rief ihm zu: »Gib mir das rote Goldstück, sonst sterbe ich«, und das Sternenkind erbarmte sich wieder und gab ihm das rote Goldstück mit den Worten: »Deine Not ist größer als meine.« Doch das Herz war ihm schwer, denn es wußte, welch schlimmes Schicksal es erwartete.

Doch siehe, als es durchs Stadttor kam, verbeugten sich die Wachen und bezeigten ihm Ehre mit den Worten: »Wie strahlend schön ist unser Gebieter!« Und die Bürger folgten ihm in Scharen und riefen: »Gewiß ist niemand so schön auf der ganzen Welt!« Da kamen dem Sternenkind die Tränen, und es sagte sich: »Sie verspotten mich und machen sich lustig über mein Elend.« So groß war das Gedränge, daß es sich verirrte und sich auf einem großen Platz wiederfand, wo ein Königspalast stand.

Das Schloßtor öffnete sich, die Priester und hohen Würdenträger der Stadt eilten ihm entgegen, warfen sich vor ihm nieder und sagten: »Du bist der Herr, auf den wir gewartet haben, der Sohn unseres Königs.«

Das Sternenkind antwortete ihnen: »Ich bin kein Königssohn, sondern das Kind einer armen Bettlerin. Und was nennt ihr mich schön, wo ich doch um meine Häßlichkeit weiß?«

Darauf hielt der, dessen Rüstung mit Goldblumen verziert war und auf dessem Helm ein geflügelter Löwe saß, einen Schild hoch und rief: »Was sagt da mein Herr, er sei nicht schön?«

Und das Sternenkind schaute, und siehe, sein Gesicht war wie zuvor, seine Schönheit war ihm wiedergegeben, und in seinen Augen sah es etwas, das es noch nie darin entdeckt hatte.

Die Priester und hohen Würdenträger knieten nieder und sagten: »Es ist uns seit langem geweissagt, daß heute kommen wird, der über uns herrschen soll. Darum möge unser Herr diese Krone und dieses Zepter nehmen und in seiner Gerechtigkeit und Gnade unser König sein.«

Doch es sagte zu ihnen: »Ich bin unwürdig, denn ich habe die Mutter verleugnet, die mich geboren hat, und ich habe keine Ruhe, bis ich sie gefunden und ihre Vergebung erlangt habe. Darum laßt mich gehen, denn ich muß weiter durch die Welt ziehen und darf hier nicht bleiben, obwohl ihr mir Krone und Zepter bringt.«

Und während es sprach, wandte es seinen Blick von ihnen zur Straße zum Stadttor, und siehe, in der Menge, die sich um die Soldaten drängte, sah es die Bettlerin, seine Mutter, und neben ihr stand der Aussätzige, der am Wegrand gesessen hatte.

Ein Freudenschrei entfuhr ihm, es rannte hinüber, kniete nieder, küßte seiner Mutter die wunden Füße und netzte sie mit seinen Tränen, senkte seinen Kopf in den Staub, schluchzte, als wollte das Herz ihm brechen, und sagte: »Mutter, ich habe dich in der Stunde meines Hochmuts verleugnet. Nimm mich an in der Stunde meiner Niedrigkeit. Mutter, ich habe dir Haß gegeben, gib du mir Liebe. Mutter, ich hab' dich zurückgestoßen, nimm dein Kind jetzt zu dir.« Doch die Bettlerin gab ihm kein einziges Wort.

Es streckte die Hände aus, umklammerte die weißen Füße des Aussätzigen und sagte zu ihm: »Dreimal habe ich dir eine Wohltat erwiesen. Bitte meine Mutter, einmal mit mir zu sprechen.« Doch der Aussätzige gab ihm kein einziges Wort.

Und es schluchzte wieder und sagte: »Mutter, mein Leiden ist stärker, als ich ertragen kann. Gib mir deine Vergebung und lass' mich in den Wald zurück.« Und die Bettlerin legte ihm ihre Hand auf den Kopf und sagte: »Steh auf!«, und auch der Aussätzige legte seine Hand auf ihn und sagte zu ihm: »Steh auf!«

So ließ es die Füße des Mannes los und stand auf, und siehe, sie waren König und Königin.

Und die Königin sagte zu ihm: »Du hast deinem Vater geholfen.«

Und der König sagte: »Du hast die Füße deiner Mutter mit deinen Tränen benetzt.«

Sie fielen ihm um den Hals und küßten es und brachten es zum Palast. Dort gaben sie ihm schöne Kleider, setzten ihm die Krone auf und legten ihm das Zepter in die Hand, und es regierte über die Stadt am Fluß und war ihr Gebieter. Große Gerechtigkeit und Gnade erwies es allen, den bösen Zauberer verbannte es, und den Holzfäller und seine Frau beschenkte es reich und ließ ihre Kinder zu großen Ehren kommen. Es duldete keine Grausamkeit an Vögeln und Vierbeinern, sondern lehrte Liebe, Güte und Barmherzigkeit, gab den Armen Brot und den Nackten Kleidung, und Friede und Wohlstand herrschten im Land.

Doch es regierte nicht lange, so sehr hatte es gelitten und so schwer war es geprüft worden, und als drei Jahre um waren, starb es. Nach ihm kam ein böser König.

Oscar Fingal O'Flahertie Wills Wilde wurde am 16. Oktober 1854 in Dublin geboren. Er studierte klassische Literatur in Dublin und Oxford. 1879 ging er nach London, arbeitete als Rezensent und Lektor für verschiedene Zeitungen und als Herausgeber einer Frauenzeitschrift. Seine schriftstellerische Karriere begründete er 1888 mit der zunächst für seine eigenen Kinder geschriebenen Märchensammlung *Der Glückliche Prinz und andere Märchen*. In den folgenden Jahren entstanden weitere Erzählungen und Märchen, Bühnenstücke und sein einziger Roman *Das Bildnis des Dorian Gray*. Mit seinen Werken sorgte er für literarisches und gesellschaftliches Aufsehen. Auf dem Höhepunkt seiner Karriere stürzte ihn jedoch der Skandal um das langjährige Verhältnis mit Lord Alfred Douglas in den Ruin. Wilde wurde zu einer zweijährigen Haftstrafe verurteilt. Nach seiner Entlassung aus dem Gefängnis in Reading floh er unter falschem Namen nach Paris. Völlig mittellos starb er hier am 30. November 1900.

Frank Eißner wurde 1959 in Leipzig geboren. Er erlernte den Beruf des Lithographen, bevor er von 1984 bis 1989 an der Hochschule für Grafik und Buchkunst in Leipzig studierte. Bereits während des Studiums beschäftigte er sich intensiv mit Literatur und Musik. Dabei entstanden zahlreiche Buch- und Grafikeditionen in der 1989 gegründeten *Frank-Eißner-Handpresse*. Seine Arbeiten entstehen vorwiegend in der Farbholzschnitttechnik der verlorenen Form. Sein Portfolio umfasst unikate Malerbücher, Kalendereditionen, Holzschnittbücher, Exlibris und freie Grafiken. Den Schwerpunkt legt er dabei auf die Darstellung der menschlichen Figur. Eißner lebt in Leipzig.

Frank Eißner zu Oscar Wilde:

Heiter, allzu heiter, erschien mir der Einstieg in Wildes süßen und traumhaften Nebel, bis dieser zerreißt und menschliche Niedertracht – von Irrtum bis Verrat – wie auch Unvermögen und Opferbereitschaft des Einzelnen mir gegenüberstanden. Aus diesem Prozess von Spannungsaufbau und deren Entladung rührt er zu Tränen, und seine Geschöpfe in ihren stimmungsvollen Landschaften bauten sich vor mir auf. Unwillkürlich fragte ich mich, welche geschundene Seele das niederschrieb. Oscar Wilde, der Naturfreund und Kenner der Flora und Fauna, verlegt seine Allegorien gern in ferne Länder und fantastische Welten. Sie bildnerisch aufzuspüren war mir eine große Freude. Auf welche Weise sich der Leser auch immer darin wiederfinden mag – emotional wird wohl jeder von Oscar Wilde berührt sein.

Zu diesem Titel erscheint eine limitierte Vorzugsausgabe
in einer Auflage von 120 Exemplaren
mit einem neunfarbigen Original-Holzschnitt von Frank Eißner.
Die Vorzugsausgabe trägt die ISBN 978-3-7632-6547-3

1. Auflage 2012

Die Texte wurden mit freundlicher Genehmigung des Manesse Verlags, Zürich, verwendet.
Aus: Oscar Wilde, Erzählungen und Märchen.
Aus dem Englischen von Irma Wehrli

Schriften: Minion, Belwe · Gedruckt auf 115 g/m² Fly 05
Gestaltung und Herstellung: Thomas Pradel, Oberursel
Satz: Pinkuin Satz und Datentechnik, Berlin
Lithographie: RGD, Dreieich
Druck und Bindung: CPI – Ebner & Spiegel, Ulm
Printed in Germany 2012
ISBN 978-3-7632-6546-6
www.buechergilde.de